공감의 정치를 꿈꾸는 남자

초판 1쇄 발행 | 2011년 12월 10일

지은이 | | 김창호
펴낸이 | | 박혜숙
본문디자인 | 한가람커뮤니케이션즈
펴낸곳 | 미래M&B
등록 | 1993년 1월 8일(제10-772호)
주소 | 서울시 마포구 서교동 368-22 서문빌딩 4층
전화 | 02-562-1800(대표), 팩스 | (02) 562-1885(대표)
전자우편 | wildmuzi@miraemnb.com

ISBN | 978-89-8394-690-4 03810

값 | 13,000원

* 잘못 만들어진 책은 바꾸어 드립니다.
* 미래인은 미래M&B가 만든 단행본 브랜드입니다.

대한민국 대변인 **김창호**의 정치평론집

공감의
정치를
꿈꾸는 남자

김창호 지음

미래인

희망의 정치, 공감의 정치

요즘 정치적으로 새로운 유형의 인물들이 등장하고 있습니다. 그 이름은 다름 아닌 소셜테이너들입니다. 이들은 SNS를 기반으로 새로운 정치운동의 구심점을 형성하고 있습니다. 기존의 미디어가 제기하지 않은 문제들을 의제에 올려 정치적 이슈를 만들어 갑니다. 그들은 홍대 청소노동자들을 찾아갔고, 한진중공업의 김진숙 지도위원을 격려하기 위해 희망버스를 운영하기도 했습니다. 여기에만 머물지 않았습니다. 심지어 이번 서울시장 보궐선거에서 기존의 정당을 넘어서는 조직동원력을 보여줬습니다. 어느 조사에 따르면 SNS를 통해 정치적 의사를 표현하는 것이 35%라면 정당은 2%에 불과했습니다.

이들이 외치고 있는 공통적 질문은 "이것이 과연 옳은 일입니까"였습니다. 지금 한국의 현실에서 벌어지고 있는 일들이 과연 정당한 것인지 묻고 있는 것이었습니다. 요즘 99%의 희생 위에 이뤄진 1%의 지배카르텔에 대한 시위가 이뤄지고 있습니다만, 그것도 결국 정당하지 못한 기득권에 대한 저항을 의미합니다.

과연 희망은 있는가

얼마 전 코메디 프로그램 '개그 콘서트'에 이런 풍자가 소개되었습니다. 내용은 이런 것이었습니다. "좋은 기업 취직하려면 좋은 대학 가라! 한학기 등록금 벌려면 1년 아르바이트를 하라. 미국 어학연수 가려면 2년을 아르바이트 하라. 겨우 취직해 50이 되어본들 부장직을 끝으로 퇴직해야 하는 상황에 오너의 30대 아들이 이사로 들어온다. 이것이 억울하면 다음 생애에 오너의 아들로 태어나라!"

현실적으로 불가능한 선택을 제시하고 있습니다. 이런 황당한 현실이 풍자적으로 묘사되지만 실상 기가 막혀 웃음이 나오는 상황을 연출합니다. 이같은 기막히는 상황은 도처에 널려 있습니다. 99%의 희생을 기반으로 하는 1%의 지배카르텔을 유지하기 위해 작동되고 있는 우리 사회의 시스템은 너무나 부도덕하고 공정하지 못합니다.

그래서 희망이 없다고 생각합니다. 단지 청년들의 자살율이 OECD 최고이기 때문만은 아닙니다. 더욱이 높은 비정규직 비율, 낮은 출산율, 높은 이혼율 등 생활상의 지표들이 위기의 현상을 보여주고 있기 때문만도 아닙니다. 중요한 것은 마땅한 대안이 없다는 것입니다. 청년들만의 문제에 국한되는 것도 아닙니다. 장년들도 희망이 없기는 마찬가지입니다. 비정규직의 경우 생존의 문제는 언제나 문밖에 대기하고 있습니다. 취업인구의 3분의 1을 차지하는 자영업은 너무 과도한 경쟁때문에 생존할 확률이 매우 낮다고 합니다. 좋은 직장에 취업한들 50전후로 명퇴를 해야 하고, 그 이후 노후대책도 마땅치 않습니다.

노년층들도 마찬가지입니다. 마땅히 노후를 대비해 놓은 것도 없습니다. 과거와 같은 방식으로 부동산 가치증식에 의존해 해결되지도 않습니다. 수명은 늘어났지만, 그렇다고 마땅한 직업을 얻기도 힘듭니다. 자식세대에게 넘겨진 노후복지부담도 감당이 어려울 것으로 예상됩니다. 어떻게 보면 출구가 없어 보입니다. 세계적 수준에서 이뤄지고 있는 위기의 현상들이 미래를 더욱 어둡게 만들고 있습니다. 개발과 근대화라는 틀로 세계 곳곳을 개발하면서 이룩한 인류의 발전 자체가 한계에 다다른 느낌입니다. 우리도 마찬가지입니다. 과거 박정희식 개발독재는 물론 MB의 개념없는 시장주의도 이제 우리의 대안이 아니라는 것이 명확해졌습니다. 진보진영이나 정당도 마찬가지입니다. 시장과 성장, 그리고 개방을 일방적으로 외면하는 전통적 진보가 더이상 대안이 될 수 없다는 것을 솔직히 인정해야 합니다. 진보진영이 목을 매고 있는 복지 또한 촘촘히 짜여진 참여없이, 그리고 새로운 생산동력이 마련되지 않은 상태에서 이룩될 수 없습니다.

대안은 새로운 정치공동체

　더욱이 양극화, 청년실업, 재벌, 비정규직 문제들이 쉽게 해결
되리라 기대할 수 없습니다. 진보개혁진영은 정권교체만 되면
모든 것을 해결할 수 있다는 착각을 버려야 합니다. 물론 정치적
해결을 찾아야 하는 부분도 있겠지만, 기본적으로는 정치적으로
해결될 수 있는 영역을 넘어서 있는 부분이 더욱 많을 것입니다.
아무리 정권교체가 이뤄지더라도 제도의 형태로 카르텔을 형성
하고 있는 지배카르텔은 물론이고 우리 자체가 동의할 수 있는
대안 마련이 마땅치 않기 때문입니다. 오히려 그렇기 때문에 대
안은 정치사회에서 찾을 수 밖에 없습니다.
　대안을 찾기 위한 참여와 소통의 공간은 역시 정치사회이기
때문입니다. 대안을 찾기 위한 공동체적 노력이 필요하고, 그것
은 곧 다름 아닌 정치사회의 몫일 수 밖에 없습니다. 우리는 흔
히 기존의 정치행태가 부정적이라는 이유로 정치무용론을 주장
하기도 합니다. 그러나 현재의 대안 부재의 사회에서 새로운 대
안을 찾기 위한 시민참여적 노력을 결집하고, 1%의 기득권 카르
텔을 해체하는 동력은 역시 정치일 수 밖에 없습니다.
　문제는 과거의 의제로 이젠 더 이상 분노하고 좌절한 시민들

을 결집할 수 없습니다. 기존의 정치양식으로는 새로운 참여를 극대화할 수 없습니다. 이제 새로운 정치질서와 참여양식이 필요합니다. 기존의 정치공동체는 다름 아닌 정당이 중심이었습니다. 그리고 그들의 추천에 의해 선출된 대표자들이 시민의 정치적 의사를 과잉 대변해왔습니다. 하지만 이들 정치체제는 오랫동안 지역과 분단에 의해 변형되어왔습니다. 지배카르텔이 지역주의와 분단을 이용한 것이 아니라 저항세력도 이 틀에 안주해왔습니다. 정확히 말하면 소수가 이런 체제를 활용해왔습니다.

그러나 이제 기존의 주체로는 변화된 현실을 반영할 수 없게 되었습니다. 정확히 말하면 과거의 정당으로는 대변되지 못하는 정치세력이 광범위하게 형성되었습니다. 대중없는 시민운동으로도 포착되지 않습니다. 진보적 자유주의라고 해도 좋고, 거꾸로 자유주의적 진보라고 해도 좋습니다. 기존의 지역과 이념에 포획된 정당으로는 도저히 대변되지 않은 세력입니다. 어떻게 보면 이들이야말로 새로운 진보적 대안세력일지도 모릅니다.

페이퍼스톤을 던지자

사회학적으로 이들에 대한 본격적 조사가 이뤄진 적은 없습니다. 일군의 진보적 학자들은 이들의 등장을 '87년체제'의 한계와 연결짓기도 합니다. 즉 민주화 운동의 귀결로서 '민주정부 10

년' 의 한계와 새로운 대안의 필요성을 의미하는 것이기도 합니다. 그러나 대강을 보면 이렇게 설명할 수 있을지 모르겠습니다. 이들은 일견 양가적이거나 이율배반적이기도 합니다. 민족적이면서 동시에 글로벌 가치를 옹호합니다. 개인의 자유도 중요하지만 공동체적 정의도 매우 중시합니다. 시장의 동력을 적극 인정하지만 동시에 분배적 공정성 또한 중요한 가치로 삼아야 한다고 주장합니다. 이런 정치적 지향을 지닌 세력은 이미 노무현 대통령의 탄생을 가져왔습니다. 그리고 기회가 있을때마다 촛불 시위 등으로 정치적 의사를 직접적 방식으로 표현해 왔습니다.

SNS는 이들의 새로운 정치양식을 창출하고 있습니다. 과거에는 지역주의 세력과 이념적 세력이 정당으로 대변되었다면, 이들은 거리의 운동정치로 자신의 정치적 의사를 표현하기도 했습니다. 민주정부 10년 이전에 있었던 수많은 민주화 운동이 그랬고, 최근에는 노무현 대통령 탄핵과 2008년 미국 쇠고기 수입반대 촛불시위도 이런 범주에 속한다고 볼 수 있습니다. 그러나 그이후 양상은 변했습니다.

이들은 일상이 훼손되지 않는 방식으로 시위에 참여합니다. 이들은 SNS를 통해 정치적 의사를 표현하고 결집합니다. 과거 길거리에서 짱돌을 던지는 대신 사무실에서 페이스북과 트위터를 통해 '디지털 짱돌' 을 던지고 있습니다. 과거 길거리 운동가들은 사라지고, 소셜테이너들이 그 소통의 중심에 서 있습니다.

길거리 시위가 아니라 투표장으로 향해 투표지로 저항합니다. '디지털 짱돌'에 이어 '페이퍼스톤'으로 응징합니다. 이제 이들에게 필요한 것은 이들의 정치적 감수성을 전달하고 결집할 '공감'의 능력입니다. 놀이와 정치가 결합되고 웃음 속에서 자신들의 분노와 좌절을 공유하고 전달하고 싶어합니다. 기존의 엄숙한 정당정치나 사회운동으로는 이들의 분노와 좌절을 공유하는 데 '공감' 능력이 떨어진다고 느끼고 있습니다. 이들은 과거 수직적 상명하달식의 조직을 거부합니다. 그들에게 조직은 네트워크이며, 네트워크는 각각이 자율적이면서 의제를 중심으로 뭉치고 흩어집니다. 이들이 뭉치고 흩어지는 핵심 동력은 바로 '공감'입니다. 네트워크 사회로 진화하면서 바로 이 공감의 정치라할 수 있습니다. 공감이 없는 정치적 동원에 참여하는 것을 거부하는 것은 물론, 그같은 정치의 청산을 요구하고 있습니다.

늙음이 아닌 낡음을 거부한다

'문재인, 안철수, 박원순으로 이어지는 일련의 '현상'은 이런 사회적 변화의 중심에 있다고 볼 수 있습니다. 많은 분석가들이 이번 서울시장 보궐선거에서 나타난 '안철수 현상'에 호들갑을 떨고 있지만, 사실 알고보면 특별한 현상이 아닙니다. 기존의 정치인, 정치학자, 정치부기자들의 닫힌 시각에서 이 현상을 보지 못하거나 의도적으로 외면했을 뿐입니다. 이미 이런 현상은 노무현의 당선과 이후 보여줬던 여러 사건에서 나타나고 있었습니다. 이번 서울시장 보궐선거는 그 흐름의 한 계기일 뿐입니다. 이들은 자신들의 좌절과 분노를 '공감' 해줄 정치를 원하고 있습니다. 기존의 정당정치는 대중을 기만하고 배반하고 있으며, '진정성' 이 없다고 보고 있습니다. 이들이 소셜테이너를 통해 궁극적으로 확인하고자 하는 것은 '진정성' 이라 할 수 있습니다. 미디어에 많이 노출된다고 해서 그를 신뢰하지 않습니다. 그의 이념이 투철하고 급진적이라 해서 그의 진정성을 믿는 것도 아닙니다. 따라서 기존 정당의 인물교체나 세대교체로는 현재 요구되고 있는 정치적 요구를 제대로 반영할 수 없습니다. 젊기 때문에 이들과 '공감' 능력이 뛰어나거나 '진정성' 을 보여주는 것이 아니라는 것입니다. 젊든 아니든 기존의 정당이나 정치인들이 해왔던 소통방식에 익숙한 정치인들의 '낡음' 을 거부한다는 것입니다. 최고위원회에서 카메라를 앞에서 모두 발언을 하는 것이 정치라고 생각하는 정당정치, 과거 시대정신을 외면하고 자신들만의 리그 속에서 다수가 되었다고 거덜먹거리는 패거리정치, 몇마디 톡톡 튀는 말로 언론에 봉사하는 것이 정치라고 착각하는 정치 지도자들….

이들 모두가 '진정성' 이 없다고 이들은 생각하고 있습니다. 집회가 열린 대중 앞에서는 이들의 분노와 좌절을 대변하는 것처럼 보이지만 그들 모두 정당의 기득권에 갇혀 이를 굴절시키고 있다고 생각합니다. 젊은 정치인들이라 해서 예외가 아니라는 점을 이미 오래전에 경험했습니다. 결국 이들이 거부하는 것은 '늙음'이 아니라 '낡음'이라 할 수 있습니다. 나이의 많고 적음이 아니라 대중의 진정성을 외면하는데 익숙한 '낡음'이 문제라는 것입니다.

시민정치의 제도화

필자는 노무현 대통령의 서거 직전까지 『진보의 미래』 집필 작업을 보좌해드렸습니다. 매주 봉하를 내려가 대통령과 1박2일 토론회를 벌였습니다. 출간된 『진보의 미래』는 그때 토론 테이프를 풀어 대통령의 말씀을 정리한 것이었습니다. 당시 토론의 핵심은 '진보의 재구성'이었습니다. 지난 10년간의 민주정부의 경험에 비춰보면 기존의 관념적 진보로는 정치적 보편성을 획득하기 어렵다는 것이 당시 생각이었습니다. 그런 만큼 진보를 재해석하는 것은 물론 그를 통해 진보를 정치적 주류로서, 보편적 흐름으로 복권시키고자 했습니다. 대통령이 복권시키고자 했던 '진보의 재구성'은 지난 50년간 성장과 개발 중심의 국가 전략에서 공정, 평화, 생명, 복지 중심의 전략으로 전환하는 것이었습니다.

문제는 이것을 의제로 대중을 어떻게 결집해 보편화시킬 것이냐 하는 점이었습니다. 기존 정당은 새로운 정치적 상상력을 창출하고 이것을 바탕으로 기득권 카르텔을 견제하고 해체하기보다 그 카르텔에 포획되어 버렸습니다. 그렇다면 어떻게 할 것인가. '진보'에 이어 대통령은 '민주주의'에 대해 쓰고 싶어 했던 것도 바로 이런 이유에서였습니다.

비록 시작도 하지 못하고 서거하셨지만, 그 단초는 내놓았습니다. 다름 아닌 '깨어있는 시민들의 조직된 힘'이라는 표현이 바로 그것입니다. 기존의 정당의 방식이 아니라 탈정당적 방식이었습니다. 이를 통해 새로운 정치세력의 형성을 염두에 뒀던 것은 틀림없습니다. 정치에서 새로운 주체와 세력 없이 정치개혁과 발전은 있을 수 없기 때문입니다. 새로운 정치적 감수성을 지닌 시민들을 조직화해 기존 정당의 개혁은 물론 한국의 기득권 카르텔을 해체하고자 했습니다. 나아가 본질적으로는 기존의 정당을 넘어서는 독자적 정치사회공간을 만들고자 하는 생각을 갖고 있었습니다. 지역주의와 냉전이 만들어 낸 왜곡된 정당구조 극복은 오랫동안의 노무현 대통령의 의제였습니다. 또 정치와 시민운동의 기계적 분리가 의미없다는 것을 MB정부 등장으로 처절하게 경험하고 있었습니다. 그래서 대통령은 새로운 정치운동 형식으로서 시민정치운동을 그리고 있었습니다.

이 시민정치운동은 이제 현실화되고 있습니다. 소셜테이너들은 '공감정치'의 매개 역할을 자임하고 나섰습니다. SNS를 기

반으로 정치적 의사가 결집하고 '페이퍼스톤'으로 직접 응징에
참여하고 나섰습니다. 심지어 정당정치의 본질이라 할 수 있는
후보자 공천마저 시민정치운동의 주도에 의해 결정되었습니다.
그리고 그 후보를 당선시켰습니다. 서울시장 보궐선거에서 그
전형을 보여줬습니다.

더 많은 참여와 더 많은 민주주의

이를 두고 '직접민주주의'라고 규정하기도 합니다. 또 정치학
자들 중에는 이런 흐름과 경향을 우려하는 분들도 계십니다. 이
런 우려에도 불구하고 이같은 '공감정치'를 바탕으로 하는 시민
정치운동이 강화될 것이며, 직접민주주의 요소는 더욱 요청될
것으로 보입니다. 정당정치가 어떻게 변화하든, 새로운 정치세
력과 소통양식은 불가피하게 시민정치운동과 직접민주주의 요
소를 강화해 나갈 것입니다. 이는 전략적 관점에서도 올바른 방
향이라 할 수 있습니다. 지난 민주정부 10년을 성찰해 보았을 때
더욱 그렇습니다. 정권교체만으로 기대했던 사회정치적 개혁을
이뤄낼 수 없었습니다. 민주정부는 강고한 제도로 자신을 보호
하고 있는 제도권력(언론, 법조, 교육, 시장 등)에 포위되었고,
정당마저 지역주의 냉전에 포획돼 이들 카르텔을 혁신하기는 커
녕 포섭되어 버린 상태였습니다.

민주정부 10년의 교훈은 우리 정치에 3중의 과제를 던져놓았습니다. 첫째는 정당의 개혁이고, 둘째 진보정치의 재구성이며, 셋째 기득권 카르텔의 해체입니다. 하지만 그 삼중 과제를 정당스스로 해결하기 어렵다고 일반적으로 생각하고 있습니다. 결국 시민들의 참여, 즉 시민정치운동과 직접 민주주의 요소의 강화를 통해 해결될 수 밖에 없다는 것입니다.

지금 민주주의는 위기에 직면했다고 할 수 있습니다. 과거 권위주의 시대의 '민주주의 위기'는 형식적, 절차적 민주주의마저 파괴되고 있는 상황에 대한 진술이었습니다. 반면, 오늘날의 '민주주의 위기'는 내포적 위기, 즉 참여의 결핍, 배제의 정치에 의한 위기라 할 수 있습니다. 민주주의 역사를 살펴보면 민주주의는 끊임없이 도전을 받아왔습니다. 단 그 위기는 언제나 '더 많은 참여와 더 많은 민주주의'를 통해 극복되었다는 사실입니다.

일부 부르조아들의 정치가 위기에 직면할 때, 그 위기는 노동자들의 참여로, 여성들의 참여로 극복되었던 것이 민주주의 역사입니다. 세종의 정치적 리더쉽은 한글창제를 통한 새로운 정치참여세력을 만들어 냄으로써 가능했었습니다.

이제 우리 사회에 새로운 정치세력과 새로운 소통구조가 형성되고 있습니다. 이들의 새로운 참여를 통해 민주주의 위기를 극복될 수 있을 것입니다. 그 정치사회공간이 다름 아닌 시민정치운동의 직접민주주의이고, 이 공간의 확장과 '제도화'를 통해 진보정치의 위기, 정당의 위기, 민주주의 위기를 넘어설 수 있다고 생각합니다. 이미 서울시장 보궐선거에서 시민들의 직접 참여로 후보를 결정한 것처럼 직접민주주의 요소는 정당 스스로 도입하고 있기도 합니다.

역설적으로 이러한 직접민주주의의 제도화를 통해 위기에 처한 정당정치를 정상화할 수 있을 것입니다. 진보정치의 지속가능성도 확보할 수 있을 것입니다. 어떻게 제도화할 것인가는 정치학자들이 구체적으로 논의할 것으로 기대합니다. 어떤 경우든 '더 많은 참여, 더 많은 민주주의'가 현재 직면하고 있는 민주주의 위기의 해결 방향이라는 점은 부정할 수 없을 것입니다.

담론정치를 위하여

이 정치평론집에 실린 글들은 이번 책 출간을 위해 쓴 것들이 아닙니다. 노무현 대통령 서거 후 두려움과 분노를 담아 블로그 (http://truthpower.tistory.com)에 쓴 글들을 모아 엮은 것입니다. 개별적 글들을 모아놓았기 때문에 하나의 완결된 체계를 갖추지 못했습니다. 엄밀한 학문적 방식의 논증체계를 갖고 있지도 못합니다. 하지만 지난 몇 년간 필자의 문제의식이 어디에 모아져 있었던가를 정리해 보여주는 책은 될 것이라 기대합니다.

지역주의와 냉전에 의해 왜곡된 정당정치 극복은 노무현 대통령의 오랜 의제였습니다. 그리고 시민들의 직접적 참여에 의한 시민정치운동(혹은 직접 민주주의라도 좋다)을 통한 정당의 개혁과 진보정치의 지속가능성을 확보하는 새로운 의제를 남겨 놓았습니다. 정치인은 물론 정치학자, 시민들 모두 이 의제로부터 자유로울 수 없게 되었습니다. 노무현의 의제이기 때문이 아니라 바로 우리의 현실이기 때문입니다. 앞으로 많은 분들이 정당의 위기와 시민들의 '더 많은 참여와 더 많은 민주주의'를 위한 전문적 논의에 참여할 것으로 예상됩니다. 부족한 필자의 입장에선 그 논의의 조그만 단초라도 제공할 수 있다면 큰 영광이 아닐 수 없습니다.

독일 여성 정치철학자가 말했던 것으로 기억합니다. '정치란 새로운 비전을 제시하고 그것을 중심으로 대중을 결집해 보편화 하는 것'이라고···. 의제 없는 정치는 '양아치 정치'가 될 수 밖에 없습니다. 비전과 담론이 없는 정치는 오직 '패거리' 이상을 넘어설 수 없기 때문입니다. 필자가 희망하는 정치를 그린다면 '담론이 있는 정치'라 할 수 있습니다.

이 책이 제기한 의제가 정치적 담론을 형성하는데 작은 초석이 될 수 있기를 바라는 턱없는 기대를 해봅니다.

2011년 12월

김 창 호

c.o.n.t.e.n.t.s

1부

"MB, 당신 틀렸어"

지금처럼 서민의 삶이 어려워질수록
재정수요가 많아집니다.
복지는 이를 사전에 차단하는 것입니다. 그래
서 복지는 성장을 위한 기초입니다.

박재완장관, 경제실정 독박쓸 겁니까

박재완 선배, 축하드립니다. 경제관료 출신으로 재정기획부 수장 자리에 올랐습니다. 아직 대통령 임명절차가 남았지만, 후배로서 진심으로 축하드립니다.

박 선배를 뵌지 꽤 오래됐습니다. 박 선배가 이명박정부 인수위에 참여하고 있을 때, 홍보처 폐지를 막아보려고 만났던 것이 마지막이었던 것 같습니다. 정치적 이유에 따른 폐지는 타당하지 않다는 점을 설명드렸지만, 결국 폐지로 결정되고 말았습니다. 그리고 이명박정부가 이 결정을 후회했다는 얘기를 간접적으로 전해 들었습니다.

박 선배와의 인연은 참 오래됐습니다. 대학신입생때, 저를 지하써클로 끌어들인 사람이 바로 박 선배였습니다. 그리고 1년 간 저에게 의식화교육을 하셨습니다. 박 선배의 지도 덕분에 그 어려웠던 종속이론을, 또 자본주의 발전에 관한 돕과 스위지 논쟁을 두꺼운 영어책으로, 제대로 이해하지도 못한 채 읽었습니다.

그러나 박 선배는 4학년이 되면서 행정고시에 뛰어들었고, 곧 경제관료가 됐습니다. 저희 후배들은 박 선배가 떠난 것이 다소 아쉬웠지만, 대신 수시로 도움을 청했습니다. 농촌활동 비용이 필요할 때, "후배들 구렁텅이 빠트려 놓고, 혼자 출세길 가느냐"며 협박(?)해 적지 않은 지원을 받았지요. 이후 박 선배는 공무원 해외연수를 활용해 박사학위를 받고, 성균관대 교수가 됐습니다. 이런 성공은 전적으로 박 선배의 명석한 두뇌와 타고난 성실성 때문이라 생각합니다. 당시 저는 중앙일보 논설위원으로 외부 기고를 맡고 있어 박 선배를 새로운 필진으로 모실 수 있었습니다. 그리고 어느날, 박 선배는 한나라당 국회의원이 됐습니다.

아시다시피, 저는 경제전문가가 아니지만, 신문사 논설위원 회의에서 경제문제를 둘러싼 토론을 지켜봤고, 국정홍보처장때 경제정책을 들여다 봤습니다. 그런데, MB정부 이후 주의깊게 경제를 들여보는 시간이 오히려 더 많아졌습니다. 보수세력은 '부패하지만 유능하다'는 풍문(風聞)이 있습니다. 또 MB가 CEO 출신이니까 경제를 살릴 거라는 기대도 있었습니다. 그러나 이러한 풍문과 기대는 모두 환상이었습니다. MB정부는 무능하고 무기력했습니다. 이는 단순히 MB정부만의 문제가 아니라 우리나라 보수세력 전체의 한계라고 생각합니다.

총체적 위기에 빠진 한국경제

박 선배, 요즘들어 그 한계가 더욱 심각하게 드러나고 있습니다. 곳곳에서 한국경제의 위기를 알리는 경고음이 울리고 있습니다. 최근 부산상호저축은행 사태에서 드러난 고위직 인사의 도덕적 해이는 국민들의 공분을 살만큼 심각합니다. 그러나 더 근본적인 문제는 제2금융권의 부실이 이처럼 심각해질 때까지 방치한 책임이 누구에게 있냐는 겁니다. 감사원은 부산상호저축은행의 부실을 오래 전에 파악했고, 이 사실을 MB에게도 보고했다고 합니다. 대통령이 오판을 했더라도, 경제관료 출신인 임태희 비서실장은 충분히 그 심각성을 알았을 겁니다. 그런데도 이후의 전개과정은 지금 우리가 알고 있는 바와 같습니다. 왜 이렇게 됐을까요? 저는 MB정부가 지금처럼 부동산 거품에 의존하는 성장정책에 매달리는 한 금융권 부실은 피할 수 없는 일이라고 생각합니다. 앞으로 제 2, 3의 부산상호저축은행사태가 벌어질 것입니다.

참여정부는 부동산정책을 절대 경기부양의 수단으로 쓰지 않겠다고 약속했고, 이 약속을 지켰습니다. 반면 MB정부는 서민을 살린다는 명분으로 전 국토를 공사판으로 만들었습니다. 매년 4조~5조원씩 총 22조원의 예산을 4대강 공사에 쏟아붓고 있습니다. 전국 대학생의 연간 등록금이 14조원 가량입니다. 4

대강 공사 예산이면 전국 대학생의 염원인 반값 등록금을 얼추 실현할 수도 있습니다. 특히 MB정부의 부동산정책은 대표적인 부자감세정책입니다. 그동안 1주택자가 양도세 비과세 혜택을 받으려면 3년 보유, 2년 거주 요건을 갖춰야 했습니다. 그러나 2011년 5 · 1대책에서 서울, 과천, 분당, 일산, 평촌, 산본, 중동 등에 한해 '2년 거주' 요건을 폐지함으로써 사실상 이 지역에 사는 사람들은 살지도 않는 집을 3년간 보유하기만 하면 양도세 한 푼 내지 않고 팔 수 있습니다. 이는 사실상 이 지역 사람들에게 투기를 권유하는 것과 마찬가지입니다.

정부는 2011년 3 · 22대책에서 취득세를 낮췄는데도 좀처럼 주택거래가 살아나지 않기 때문에 불가피하다고 주장합니다. 그리고 주택담보대출을 소득수준에서 규제하는 DTI(총부채상환비율) 규제를 만지작거리고 있습니다. 부동산경기를 살리기 위해서는 결국 유동성을 풀어야 하는데, 이럴 경우 이번 부산상호저축은행 사태와 같은 금융권의 대량부실이 불가피해집니다. 부동산경기 부양과 금융건전성 사이에서 옴짝달싹 못하는 것이 지금 MB정부 경제정책의 모습입니다. 2011년 4월 말 기준으로, 국내은행의 대출 연체율은 1.17%로, 5개월 만에 최고치를 기록했는데, 이는 부동산 프로젝트파이낸싱(PF) 대출 연체율이 한달 새 1.3% 오른 7.24%를 기록할 정도로 부동산 PF의 부실이 심각하기 때문입니다.

문제는 경기부양이 되지 않는 조건에서 이를 완화할 방법이 없다는 점입니다. 부산상호저축은행과 같은 금융권 부실을 막으려면 인위적으로 부동산경기를 부양해야 하지만, 이럴 경우 더 큰 거품을 키우는 꼴이 됩니다.

통제불능으로 치닫는 가계부채, 국가채무

여기에 가계부채도 800조원에 이르는 상황에서 이 거품이 꺼지면 금융권의 대량 부실은 불보듯 뻔한 일입니다. MB경제가 외통수에 걸린 셈입니다. 이런 사정을 알고 있었기 때문에 부산저축은행의 부실을 사전에 알고도 쉬쉬 했던 게 아닐까요.

박 선배, 더욱 심각한 문제는 MB정부 들어 한국경제가 완전히 재벌위주로 재편됐다는 점입니다. MB정부는 수출 증대를 목표로 고집스럽게 고환율정책을 유지했습니다. 그 과실은 고스란히 대기업에게 돌아갔습니다. 그 과실이 물이 흐르듯, 중소기업과 서민들에게 흘러가고, 대기업이 돈을 번 만큼 고용을 늘릴 것이라는 기대는 여지없이 깨졌습니다. MB는 대기업에 배신감을 느꼈을 것입니다. 각종 세금감면과 규제완화로 도와줬는데, '겨우 낙제를 면했다'고 폄하하니 괘심하기 이를데 없을 것입니다. 그래서 '대기업-중소기업 상생', '이익공유제', '국민연금 주주권 행사' 등과 같은 압박카드를 꺼내들었지만, 이들 정책이 실행

될 가능성은 없어 보입니다.

MB정부를 옥죄는 또다른 시한폭탄은 국가채무입니다. 국가채무는 2010년 말, 393조원에 달했으며, 27개 주요 공기업의 부채도 272조원에 이릅니다. 사태가 이 지경인데도, 정부는 매년 4조~5조원씩 총 22조원의 예산을 4대강 공사에 쏟아붓고 있습니다. 여기에 빈부격차는 나날이 심각해지고 있습니다. 최근 국세청 조사에 따르면, 2009년 기준으로 상위 20%의 1인당 소득금액은 9020만원으로, 하위 20%의 199만원보다 45.4배 많았습니다. 2006년의 44.3배와 비교해 소득격차가 점점 확대되고 있다는데 문제의 심각성이 있습니다. 지금 한국경제는 총체적 위기에 빠져 있습니다. 금융권 부실이 확대되고, 국가부채는 증가일로입니다. 대기업은 천문학적인 이익을 내는데도, 민생경기는 싸늘합니다. 소득격차가 매년 확대되고 있습니다.

서민경제로 근본적 전환해야

MB노믹스라는 것이 있는지 모르겠지만, 만약 대기업 위주의 경제정책을 그렇게 불렀던 거라면, 핸들을 서민경제쪽으로 과감히 돌려야 합니다. 서민들의 실질소득을 늘리는 정책으로 유턴해야 합니다. 이를 위해 먼저 4대강과 같은 대규모 토목공사를 중지하고, 인적투자를 늘려야 합니다. 연구개발(R&D), 복지, 교육 등 인적투자를 통해 개인의 실질소득을 늘려야 합니다.

박 선배는 복지문맹집단인 한나라당 안에서 드물게 복지의 중요성을 주장해 왔습니다. 복지는 단순히 공공부조와 같은 시혜책이거나 시장실패에 대한 보완책이 아닙니다. 지금 복지는 우리 경제를 근본적으로 재구조화하는 토대입니다. 지금처럼 서민의 삶이 어려워질수록 재정수요가 많아집니다. 복지는 이를 사전에 차단하는 것입니다. 그래서 복지는 성장을 위한 기초입니다.

이와 함께 경제정책의 중심이 중소기업에 놓여져야 합니다. 중소기업은 전체 산업의 88%를, 고용의 99%를 차지하는 우리 경제의 근간입니다. 이러한 중소기업이 무너지면 한국경제의 미래도 없습니다. 그런데 MB정부가 과연 복지와 중소기업으로 핸들을 돌릴 수 있을까요? MB정부는 지금까지 경제를 망친 것도 모자라 더욱더 신자유주의적 정책을 향해 패달을 밟고 있습니다. 그러나 신자유주의적 정책이란 결국 대기업, 부자, 강자만을 위한 경제정책일 뿐이며, 그 끝은 낭떠러지입니다.

최근 야당들이 복지 확대를 주장하고 있습니다. 이것이 단순히 복지에 국한된 주장이 아니라 한국경제의 근본적 전환에 대한 요구라는 것을 박 선배도 잘 알 겁니다. 그럼에도 박 선배의 청문회를 지켜보면서, 경제위기를 초래한 MB노믹스에 대한 진지한 반성, 한국경제의 근본적 전환에 대한 고민은 없는 듯해 아쉬웠습니다. 그런 진지한 고민을 보고 싶었는데, 청문회에서는 아들이 어떻게 해서 고급승용차를 몰게 됐는지 해명하느라 바쁘시더군요. 후배로서 안타까운 것은 지금의 경제정책이 박 선배의 철학과도 맞지 않는데도 나중에 MB정부의 실정을 독박쓰지 않을까 하는 점입니다.

MB경제는 외통수에 걸렸습니다. 레임덕을 맞은 MB정부에겐 이를 밀어붙일 힘도 없습니다. 이제 박 선배의 철학대로 제대로 해봐야 하지 않겠습니까. MB경제 실패의 책임을 혼자 뒤집어쓸 것이 아니라, 새로운 경제의 초석을 놓은 장관으로 기록돼야 하지 않겠습니까.

(2011. 5. 30)

MB, 물러나는 길은 안전한가

    몇 일 전, 김형오 전 국회의장께서 바른말 하셨더군요. MB정부에서 책임지는 사람이 없어 레임덕이 가속화되고 있다고 했군요. "잘못된 것은 모두 대통령에게 책임을 덮어씌운다면 이것이야말로 레임덕"이라고 말했다는데, 틀린 말은 아닙니다. 더군다나 MB정권을 위해 거침없이 총대를 맺던 김형오 전 의장 입장에서야 당연히 할 소리를 했다고 할 수 있을지 모릅니다. 국회의장 시절 김 의장께서는 MB를 위해 혁혁한 전공을 세웠기 때문입니다.

    2009년 7월, 김형오 전 의장님께서는 지금 조중동 종편의 법적 근거가 되는 미디어법과 산업자본의 금융지배 제한을 완화한 금융지주회사법을 날치기 통과시켰습니다. 그리고 같은해 12월, 김형오 전 의장께서 또 예산안과 '추미애 중재안'으로 불리는 노동관계법 개정안을 또다시 날치기로 통과시켰습니다. 당시 이명박 대통령이 김형오 국회의장에게 직접 전화를 걸어 예산안과 노동관계법 처리를 독려하는 장시간의 통화를 했습니다. 이때, 김 전의장님께서는 놀랍게도 이명박 대통령께 '형님'이라고 호칭해 주변을 놀라게 했습니다. 아마 이런 사건들은 헌정사에 중요한 기록으로 남게 될 것입니다. 무기력한 민주당은 대표가 국회의원직을 사퇴하거는 시늉을 하거나 김 전의장을 윤리위에 제소하는 '쇼'로 넘어갔습니다.

국정홍보처 공무원들, MB에 충성할 수 있나?

그러나 김 전의장께서 하신 말씀이 오히려 그가 모시는 주군 MB에게 칼을 꽂는 모양새로 비춰지는 것은 왜일까요. 그가 레임덕 운운하는 것조차 레임덕이 왔다는 것을 상징하는 것처럼 느껴지는 이유는 무엇일까요. 필자는 김형오 전 의장의 레임덕 운운 발언에 대한 감회가 새롭습니다. 그 용어 자체가 이미 레임덕이 시작됐다는 징조에 다름 아니라는 생각이 들기 때문입니다.

2007년 말, 대선에서 한나라당이 당선되자 인수위가 구성될 때 그의 모습은 달랐습니다. 당시 김형오 전 국회의장께서는 인수위 부위원장을 맡았고, 이동관 현 대통령 특보는 인수위 대변인을 맡았습니다. 점령군으로 거리낌없는 태도를 보였기 때문입니다. 이들은 당시 국정홍보처를 없애려 했고, 국정홍보처 직원들은 인사상 불이익을 받지 않을까 전전긍긍했습니다. 부처를 없애버리고 타부서로 흡수통합될 경우 그 부서에 가서 찬밥신세 되는 것은 불보듯 뻔한 일이었습니다. 기관장이었던 저는 이들에게 불이익이 가지 않도록 최선을 다하는 것이 최소한의 의무라고 생각했습니다. 필자는 국정홍보처 공무원들에게 인수위에 최대한 협조할 것을 부탁했습니다. 새 정부에서 살아남아야 할 공무원들을 저 때문에 불이익을 받을 수 없는 일이라 생각했기 때문입니다. 경우에 따라 모든 책임을 필자에게 떠넘겨도 좋다고 지시했습니다. 당시 국정홍보처 인수위 업무보고는 인수위의 요청에 따라 비공개로 이뤄졌습니다. 그리고 실장, 국장급 간부들이 참석한 비공개 업무보고에서 당시 김형오 부위원장과 이동관 대변인이 집중적으로 물었던 것은 "참여정부에 충성한 만큼 MB정부에 충성할 수 있느냐"는 질문이었습니다. 이들은 "여러분들의 솔직한 생각을 듣기 위해 비공개로 하는 것이며 그 내용은 일체 외부에 공개하지 않을테니 속마음을 얘기해달라"고 했습니다. 홍보처 간부들은 이런 천박한 질문에 난감하기 짝이 없었습니다. 궁여지책으로 가장 직급이 높은 공무원이 막스 베버의 '직업윤리' 개념을 빌려 이렇게 대답했습니다.

"공무원은 특정정파의 이익이나 이데올로기를 배제하고 합법적으로 선출된 정부가 결정한 업무를 충실히 수행하는 것이 공무원들의 직업윤리이며, 그래서 막스 베버는 '영혼 없는 공무원' 이라고 했다."

영혼 없는 공무원'으로 뒤통수 친 김 전의장

이 말을 순발력있게 낚아챈 것이 역시 기자 출신들인 김형오 부위원장과 이동관 대변인이었습니다. 이동관 대변인은 그날 오후 브리핑 룸에서 '영혼없는 공무원' 을 강조하며 공무원들의 비겁하고 굴종적 모습만 부각시켰습니다. '영혼없는 공무원' 이라는 자조적 용어가 언론과 공무원 사회에 회자되기도 했죠. 그렇게 공무원들에게 '충성할 수 있느냐' 고 다그치고 '영혼없는 공무원' 으로 모멸감을 줬던 김 전 의장의 입에서 레임덕이라는 말을 듣게 되니 심정이 착잡하지 않을 수 없군요. 그것도 국정홍보처를 폐지해 수 십명의 직원들이 직장을 잃게 됐던 경험을 한 필자로서는 더욱 그럴 수 밖에 없습니다.

얼마 전, 국무회의가 열리지 못할 뻔 했습니다. MB가 해외순방을 위해 출국한 날, 마침 국무회의가 있었습니다. 하지만 그 국무회의는 의결정족수가 채워지지 않아 지연됐습니다. 지금 MB정부의 레임덕 상황을 상징적으로 보여주는 사건이라 할 수 있습니다. 언론보도에 따르면, MB는 아무 말없이 보고만 받았다고 합니다. MB의 속 마음이 어떠했을지는 상상하기 어렵지 않을 것입니다. 장관시켜달라고 애걸복걸하면서 온갖 충성은 다할 것 같아 임명했던 장관들이 대통령 외유를 틈타 모두 국무회의를 태업해버렸으니 말입니다. 이 사태를 MB도 심각하게 인식했을 것이 틀림없습니다. 만약 이를 심각하게 인식하지 않았다면, 그거야말로 심각한 문제가 아닐 수 없는 것이죠. 비서실장을 비롯한 청와대 참모들도 한심하기 짝이 없는 사람들입니다. 그들이 이를 심각하게 느꼈다면 사표를 내도 마땅치 않을 것입니다. 그러나 그들은 아무 일 없었듯이 대통령에게 보고하고 면피해버린 것입니다. 김형오 전 국회의장의 질타를 받아도 싸다 싶습니다.

감사원의 감사, 공무원만 때려잡자?

대신 애꿎게 빼든 칼이 감사원 감사입니다. 누군가 레임덕을 걱정해 감사원을 써먹자고 했던 모양입니다. 총리실 공직윤리지원관실이 민간인 사찰 때문인지 알 수 없으나, 이번에는 감사원이 나섰습니다. 공무원들의 무사안일과 레임덕을 막기 위해서라고 합니다. 공무원들의 무사안일이 레임덕과 무슨 상관이 있는지 알 수 없으나, 공무원들은 "왜 애꿎은 우리인가?"라고 생각하고 있을 것입니다. 요즘 부산저축은행 비리는 이미 오래 전 감사를 통해 확인됐고, MB도 1년 전에 알고 있었다는 보도도 있습니다. 이런 MB정부의 부도덕과 무능력은 못 본 척하고, 공무원들만 잡는다고 하면 그들이 동의할 수 있을까요?

제가 알기로는 공무원들의 무사안일은 이미 오래 전부터 시작되었습니다. 레임덕이 시작돼 고위공무원들이 야권 인사들을 찾아다니며 줄을 대고 있다는 소문이 파다하기 때문이 아닙니다. 오래전부터 공무원들이 무사안일했던 것은 크게 두가지 이유때문입니다. 첫째, MB정부가 공무원들을 설득하는데 실패했기 때문입니다. 새 정권이 공무원들을 두들겨 패면 속은 시원할지 모릅니다. 그러나 결과는 스폰지에 주먹질하듯, 그 결과는 본래 의도와 정반대의 모습으로 나타납니다. 가장 중요한 것은 MB정부 정책에 도통 정당성이 없다는 점입니다. 아무리 '영혼없는 공무원'이라 하더라도 공무원은 시대정신과 공공성에 부합하는 일을 갈망합니다. 모든 공무원들이 부정을 저지르고 자기 살 궁리만 한다고 생각하면 큰 오해입니다. 이들도 자신들의 일과 존재이유에 대해 긍지와 자부심을 갖고 있습니다.

정당성없는 정부, 공무원 노릇 힘들다

MB정부가 추진하고 있는 일이 정당성을 결여한 일들이 적지 않습니다. 4대강은 물론, 복지 축소와 부자감세 등과 같은 MB정부의 정책에 대해 공무원들도 불만인 것을 여러 경로를 통해 확인할 수 있습니다. 물론 공무원에게 현상유지 경향이 강한 것은 사실입니다.

그러나 이들은, 특히 중앙공무원들은 나름의 역사의식과 소명의식을 갖고, 이에 부합하는 일을 할 때 신명이 날 수 밖에 없습니다. 아무리 공무원이라 하지만, 정당성없는 일을 하는 것은 죽을 맛입니다. 당연히 레임덕이 빨리 와서 지금의 일에서 손떼기만을 바랄 겁니다. 청와대 참모들은 이런 공무원들의 심사를 알리 없습니다. 그렇다고 현재 장관들이 파악하고 있을까요.

제가 보건데, 이미 각 부처 장관들은 공무원들의 움직임을 전혀 파악하지 못하고 있습니다. 그들이 무능력하기 때문이 아닙니다. MB가 '작은 정부' 신화에 사로잡혀 대(大)부처 제도를 도입했기 때문입니다. MB정부의 대부처방침에 따라 1개 부처에 약 1000 여명의 공무원이 근무합니다. 이런 조직은 장차관의 통솔 범위를 벗어나기 때문에 아무리 채찍을 휘둘러도 숨을 공간은 널려있기 마련입니다. 어떻게 보면 장관 숫자를 줄여 작고, 효율적인 정부를 실현한다는 것은 일종의 '사기' 였다고 할 수 있습니다. 정당성을 결여한 정권과 정책, 더군다나 대부처 조직에 숨은 공무원들을 다그쳐 레임덕을 피한다는 것은 전형적인 '딴다리 긁기' 일 뿐입니다.

아무리 감사원, 검찰 등 사정기관을 다 동원한다고 한들 공무원들이 책임감을 갖고 일하지 않을 것입니다. 소신껏 일해봤자

다치기 십상이고, 대충 눈치보면 중간이라도 가는데 뭐하러 앞
장서겠습니까. 이미 한나라당 소장파 의원들이 대놓고 반기를
들고 나선 상황입니다.

문제는 시스템이다

일은 사람이 하는 것이지만, 모든 일을 사람이 한다고 생각하
는 것은 아마추어적입니다. MB정부의 결정적 실책은 바로 시스
템에 대한 이해가 없다는 점입니다. 참여정부를 '위원회 공화
국'이라며 공격하면서 위원회를 없앤 결과는 혹독한 것이었습
니다. 사실 장관들의 태업으로 국무회의가 연기되었다는 것은
참여정부의 경우였다면 있을 수 없는 일입니다. 청와대는 물론
총리를 비롯한 부총리들이 책임 영역이 시스템으로 짜여 있어
대통령이 부재하더라도 모든 일은 아무런 영향 없이 진행되었습
니다. 특히 온라인 보고 시스템 '이지원'으로 대통령 중심의 업
무체계가 확고하게 자리잡고 있어 장관들의 태업은 애초에 불가
능한 일이었습니다.
MB가 정부를 개혁한다는 미명아래 이같은 시스템을 망가트
렸습니다. MB정부가 없앤 부처, 즉 홍보처, 예산처, NSC 등은
부처간 협력이 중요업무였습니다. MB가 인수위 시절 없애려 했
거나, 없앴던 과기부, 정통부, 여성부, 통일부 등은 우리나라의

특수한 발전전략과 맞물려 우리 사회에 꼭 필요한 부서였습니다. 그리고 이들 부서 외에 우리 사회 미래 비전을 담당할 여러 위원회가 있었습니다.

참여정부가 막판까지 레임덕없이 임기를 마칠 수 있었던 것은 이같은 짜임새있는 시스템의 덕택이었습니다. 노무현은 사람이 아닌 제도를 믿었고, 그 제도를 공고화하는 것을 통해 역사가 진전할 것이라고 생각했습니다. 소수의 천재나 영웅이 아니라 상식을 가진 사람들이 합리적으로 판단해 오류를 최소화할 수 있는 제도를 공고화하려 했던 것입니다.

최근 동남권 신공항 건설, 과학단지 선정, LH일괄 이전 등 국책사업 선정과 관련해 사사건건 지역갈등을 부추기게 된 것도 시스템에 대한 이해가 부족하기 때문입니다. 공정한 절차와 합리적 선택보다 정치적 술수와 꼼수에 의존한 결정은 필연적으로 화(禍)를 부릅니다. 과거 미국산 쇠고기 수입으로 국민의 저항을 혹독하게 경험한 것도 시스템이 아니라 외교통상부 공무원들의 속삭임에 넘어갔기 때문입니다. 그런 혹독한 경험을 하고도, 여전히 MB는 시스템에 의한 국정운영의 중요성을 인식하지 못한 것 같습니다.

이제 남은 일은 MB가 어떻게 무사히 물러나느냐입니다. 비록 MB는 싫지만, 우리나라를 위해서 필요한 일입니다. 앞으로 남은 기간동안 MB가 조용히 퇴로를 준비하지 않는다면, 국민들은 새로운 행동에 나설 것입니다. 유능한 장수는 퇴각하면서 리더쉽을 발휘한다는 사실을 기억했으면 좋겠습니다. 이미 기대하긴 글렀지만 말입니다.

(20011. 5. 18)

BBK, 결국 MB를 잡을 것이다

  요즘 참 이상한 일들이 벌어지고 있습니다. 2010년 12월, 갖가지 청탁과 함께 47억원의 돈을 받은 혐의로 천신일씨가 구속됐습니다. 천신일씨가 누굽니까. 이명박 대통령의 둘도 없는 친구입니다. 더군다나 대통령의 임기도 아직 한참 남았습니다. 이렇게 정권이 시퍼렇게 살아 있을 때, 최측근이 구속되는 건 과거 정권같으면 상상하기 힘든 일입니다.

  그런데 최근 이상한 일이 또 벌어졌습니다. 2011년 2월 24일, 한상률 전 국세청장이 귀국한데 이어 바로 그 다음날 'BBK의 실제 소유주가 MB'라고 주장했던 에리카 김이 귀국했습니다. 한상률이 누굽니까. 그는 국세청 차장시절 부하인 안원구 전 국장이 "국세청이 2007년 7월 한나라당 이명박 후보의 재산 의혹과 관련해 포스코건설을 세무조사하면서 도곡동 땅의 주인이 이 후보라는 문건을 발견했는데(당시 한상률 차장이) 그냥 덮었다"

는 폭로의 당사자입니다. 그런데도 검찰은 당시 수사에서 이 땅의 실제 소유주가 누구인지 밝혀내지 못했습니다.

또 에리카 김씨는 2007년 11월 동생 김경준씨가 투자자문회사인 BBK의 주가 조작과 319억원 횡령혐의로 검찰에 구속되자 이명박 후보가 BBK의 실소유주이고 주가조작에도 관련됐다고 주장했습니다. 또 "BBK가 이 후보 소유임을 증명하는 자료"라면서 한글 이면계약서까지 검찰에 냈습니다. 에리카 김씨는 허위사실 유포 혐의로 수사를 받게 되자 미국 시민권자라는 신분을 이용해 미국에 머물면서 기소가 중지된 상태입니다. 이는 언제든지 재수사가 가능하다는 의미입니다.

먼저 서울 도곡동 땅을 판 돈 가운데 일부가 자동차부품업체인 (주)다스로 가고, 다스는 BBK에 190억원을 투자했습니다. 그리고 도곡동 땅의 주인, 그리고 다스의 대주주는 모두 이명박 대통령의 큰형인 이상은씨와 처남인 김재정씨였습니다. 그런데 항간의 소문처럼, 만약 도곡동 땅의 실제 주인이 이명박 대통령이라면, 결국 그 땅을 판 돈이 BBK에 투자된 것이기 때문에 BBK의 실제 주인 역시 이명박 대통령이라는 결론이 나옵니다.

한 전 국세청장은 2007년 당시 도곡동 땅을 구입한 포스코건설에 대한 세무조사 과정에서 그 땅의 실소유주가 누구인지 알게 됐습니다. 그러니까 한 전 국세청장은 BBK의 첫 번째 고리를 쥔 사람입니다. 그리고 에리카 김씨는 그 돈으로 투자된

BBK의 진짜 주인이 이명박 대통령이라고 주장한 사람입니다. 에리카 김씨는 BBK의 마지막 고리를 쥐고 있는 것입니다. 따라서 전혀 동떨어진 것처럼 보이는 한 전 국세청장과 에리카 김은 BBK를 중심으로 긴밀하게 연결돼 있는 것이죠.

BBK의 처음과 끝, 정말 우연일까

BBK의혹은 퇴임 후 이명박 대통령의 최대 아킬레스건이 될 수 있습니다. 진실이 밝혀진다면 폭발력은 어마어마합니다. 현 정권의 고민도 바로 여기에 있는데요, 따라서 정권 입장에서는 이런 골칫거리를 사전에 클리어하게 처리하고 싶을 것으로 추정됩니다. 특히 퇴임 후에는 도저히 검찰을 통제할 수 없기 때문에 그나마 권력을 쥐고 있을 때, 찜찜한 부분을 해결하고 넘어가고 싶을 겁니다. 이런 식의 리스크관리는 임기 중 둘도 없는 친구인 천신일 회장을 구속기소한 것과 동일선상에서 이해할 수 있습니다.

BBK 의혹과 관련해 이미 안원구 전 국세청 국장이 "도곡동 땅 실소유주가 MB라는 사실을 전표로 확인했다"고 주장했습니다. 또 에리카 김은 'BBK의 주인이 MB' 라는 주장을 했습니다. 따라서 이런 의혹을 깔끔하게 처리하려면 BBK의 자금출처에 해당하는 안원구 전 국장의 증언을 뒤엎어야 하는데, 그럴 수 있는 유일한 인물이 한상률 전 청장입니다. 그 다음에 에리카 김이 자신의 주장이 허위라고 번복하고, 그 댓가로 MB측도 그녀에 대한 고소를 취하한다면 그녀는 수배자 신분에서 벗어나 국내에서 자유롭게 활동할 수 있게 되고, 정권은 이 사건을 깔끔히 묻어버릴 수 있게 돼, 매부 좋고 누이 좋아지는 거죠.

검찰이 정치권을 압박하는 이유

한상률과 에리카 킴의 동시 입국에 대해 일부 언론에서 이러한 시나리오가 흘러나오고 있습니다. 그런데 과연 이 시나리오대로 될까요?

요즘 필자는 검찰과 정치권의 대결을 유심히 관찰하면서 BBK의혹을 둘러싼 시중의 시나리오의 최대 걸림돌은 아마 검찰이 될 것이라고 생각하고 있습니다.

요즘 검찰과 정치권의 힘겨루기가 한창입니다. 일진일퇴를 거듭하며 건곤일척의 싸움이 벌어지고 있는데요, 밀리면 바로 끝장인 것처럼 치열합니다. 먼저 검찰이 청목회(전국청원경찰친목협의회)의 쪼개기 후원금 수사로 정치권을 향해 선방(?)을 날렸습니다. 이에 정치권은 '후안무치하다'는 비난을 무릅쓰고 정치자금법을 고치려고 했지만, 여론에 밀려 실패하고 말았죠. 그러나 최근 정치권은 국회사법제도특별위원회의 사법개혁안이라는 비장의 카드를 내밀었고, 검찰이 강하게 반발하고 있습니다.

이런 와중에 최근 유력 대선후보인 김문수 경기도지사가 쪼개기 후원금과 관련해 검찰의 수사를 받고 있습니다. 이에 대해 검찰측이 미래권력을 압박하기 위해 자료를 수집한다는 설(說)과 정치권 전체에 대한 경고라는 설 등이 분분합니다.

이처럼 검찰은 수사를 무기로 정치권을 압박하곤 합니다. 만일 검찰이 한상률 전 청장과 에리카 김을 수사하게 된다면, MB정부의 명줄을 검찰이 쥐게 될 공산이 큽니다. 왜냐하면 BBK 재수사과정에서 수집된 자료가 검찰의 손에 넘어가면, 그것은 향후 MB를 압박하는 무기가 될 수 있기 때문입니다.

그렇다면 검찰은 법과 원칙에 따라, 매우 정의로운 방식으로 MB정부의 치부를 국민들 앞에 만천하에 드러낼까요. 그럴 수도 있고, 아닐 수도 있습니다. 그러나 확실한 것은 검찰의 수사정보는 정치권과의 협상에서 강력한 무기가 될 수 있다는 점입니다.

지금 검찰은 심각한 고민에 빠져있을 것입니다. 이 정부에 충성을 다했지만, 다음 정부에 안전할 거라는 보장을 할 수 없습니다. "무슨 일이 있어도 검찰은 손봐야 한다"고 와신상담하는 이들이 적지 않습니다. 무엇보다 노무현 대통령의 서거의 책임을 피해갈 수 없습니다. 현재 진행되고 있는 한명숙 전 총리의 재판도 검찰이 연출하는 막장드라마입니다.

나아가 향후 정치적 변화에 따라 언제든지 검찰개혁이 다시 도마 위에 올라올 수 있습니다.

어느 조직이든 자기 조직을 보호하려는 경향을 갖고 있지만, 검찰은 특히 생존을 걸고 조직보호에 나설 가능성이 많습니다. 공격이 최고의 방어라 하지 않습니까? 아마 여야를 막론하고 거물 정치인들에 대한 공세적 조사가 이뤄질 가능성이 많다고 볼 수 있습니다.

문제는 이런 검찰의 생존게임에서 MB도 안전하지 않다는 점입니다. 이미 김문수 지사에게 그랬던 것처럼, MB에 대해서도 약점을 잡아두려고 할 것이고, 그 핵심이 바로 BBK가 될 가능성이 많습니다. 물론 권력의 입장에서는 그나마 힘이 있을 때, 검찰을 통제해 BBK를 묻으려는 속셈이겠지만, 이는 결국 검찰로 하여금 BBK라는 협상카드를 쥐게 함으로써 권력의 생사여탈권을 넘기는 결과를 초래할 것입니다. 앞으로 BBK의혹을 재수사할 수 있는 법적 방법은 수없이 많습니다. 많은 사람들이 이번 BBK수사가 향후 MB의 무덤이 될 것이라고 예상하는 이유도 바로 여기에 있습니다. 언론의 분석처럼 이번 수사는 BBK를 덮고 넘어가는 수사가 아니라 그 반대일 가능성이 높습니다.

(2011. 3. 17)

차라리 침묵하시죠

생매장된 가축이 300만 마리에 육박하고 있다. 아수라도 이런 아수라가 없다. 전쟁이라도 이 정도로 살육하진 않을 것이다. 아무리 소, 돼지라지만 고귀한 생명 아닌가. 생명에 대한 경외심을 잃어가는 우리 사회의 단면을 보는 것 같다.

2010년 11월, 연평도 포격사태는 초동대응에 실패했다. 이어 구제역으로 인한 가축 300만 마리 생매장 사태가 발생했고, 올 봄에는 전세대란이 예고되고 있다. 최근에는 기름값에 이어 물가도 폭등하고 있다. 이처럼 각종 위기가 줄줄이 이어지는데도 MB정부는 대응시스템이 전혀 작동하지 않고 있다.

이런 상황에서는 누군가 자리를 걸고 대통령께 위기상황을 전달해야 한다. 지금 전국 방방곡곡에서 생매장된 가축들의 울부짖음이 농민들의 가슴을 찢어놓고 있다. 여기에 치솟는 전셋가와 물가 때문에 서민들이 '못 살겠다'고 아우성이다. 그렇다면 누구라도 대통령에게 이런 절박한 위기상황을 알리고 대책을 세워야 할 것 아닌가.

심대한 위기, 가벼운 입

그런데 이런 위기에는 아랑곳없이, 청와대와 한나라당은 개헌 논의를 본격화하기로 했단다. 또 청와대로 재벌총수를 불러 수도권 규제완화를 약속했다는 소식도 들린다. 악재를 다른 의제로 덮으려는 의도인 모양이다. 연평도 포격사태 이후 MB정부의 행태를 보면 끊임없이 새로운 의제를 만들어 이전의 문제를 덮으려 한다. 그러나 필자가 보건데, 이런 식의 의제 바꿔치기는 더 이상 약발이 통하지 않아 보인다. 파도가 연달아 밀려와 오히려 위기가 증폭되고 있는 느낌이다. 여전히 대통령 지지율이 높다는 사실을 위안삼을지 모르지만, 이미 선수들은 그 지지율이 20% 정도 뻥튀기됐다는 사실에 만장일치로 동의한다. 마치 소망교회 앞에서 실시한 여론조사와 같은 결과를 누가 곧이 곧대로 믿겠는가.

그리고 2011년 2월 1일, TV로 생중계된 '대통령과의 대화'에서 MB는 제대로 국민들 염장을 질렀다. 어떻게 하는 말마다 그렇게 무개념일 수 있을까. 우리나라 대통령이라는 사실이 모욕스러울 정도로 무뇌아같은 발언이 쏟아졌다. '공정'이나 '중소기업-대기업 상생발전'은 입으로 나불대기만 하면 저절로 이뤄지는 것인가. 입으로 온갖 감언이설을 하면서 정작 하는 행동은 정반대라는 사실이 우리들을 정말 짜증나게 한다. 실제 정책은 부자감세이면서 입으로는 친서민정책을 부르짖는 것은 대표적인 '정책적 정신분열증'이다. 여기에 무상급식을 언급하면서 이건희 손자손녀를 끌어들이고, 충청권 과학벨트 공약은 '선거용 미끼'였다고 고백할 때는 정말 뒤로 자빠질 뻔했다.

최근 MB는 2012년 총선 공천과 관련해 "시대정신에 맞는 인사들이 많이 나오면 좋겠다"고 말했다고 한다. MB가 말하는 시대정신이 정확히 무엇인지 알 수 없지만, 지금의 시대정신인 공정과 투명성, 연대, 민주주의에 가장 역행하는 인물, 이러한 시대정신에 가장 어두운 인물이 MB라는 사실은 분명해 보인다.

무엇보다 우리를 허탈하게 하는 것은 MB의 잦은 실언(失言)이다. MB어록 중 단연 백미는 "과거 내가 해봤는데…"다. 하도 자주 해 패러디 시리즈가 있을 정도인데, 사람 염장지르는데 아주 효과만점이다. 여기에 물난리 당한 어느 서민에게 "기왕 이렇게 된 거 마음 편히 먹어라"는 말은 허탈감을 넘어 분노를 일으켰다. 또 배추값 폭등 때 "그러면 차라리 양배추김치를 먹어라"는 말은 프랑스왕비 마리 앙뚜와네트의 철없는 말을 연상시킨 탓에 '명뚜와네트'라는 신조어를 탄생시키며 국민적 조롱거리가 됐다. 그래서 필자는 MB가 남은 임기동안 그나마 최악으로 치닫지 않았으면 하는 바램으로 다음과 같은 충고 한마디 하고자 한다.

"이제부터 MB는 입 다물고, 아무 말도 하지 않는 것이 역사에 살아남는 길이다."

아마추어는 시스템을 무시한다

필자가 경험한 노무현 대통령은 공부를 정말 많이 했다. 정치사회철학을 전공한 필자가 어떤 의제를 끄집어 내더라도 격조있게 대화에 응했다. 특히 TV토론 등과 같은 공개적인 자리는 철저히 준비했다. 수많은 데이터를 체크하는 것은 기본이고, 홍보팀은 물론 해당분야 책임자를 모아놓고 수차례 사전연습을 했다. 대통령 보좌시스템을 최대한 활용해 개인적 오류를 최소화하려 했던 것이다.

이에 비해 MB는 기본적으로 시스템에 대한 이해가 없어 보인다. 모든 것을 혼자 할 수 있다고 생각하는 것 같다. 본인이야 "왕년에 건설사 사장을 했는데…"라고 항변하고 싶겠지만, 사익을 추구하는 기업에서 견제와 균형을 위한 시스템은 비효율적이라는 이유로 경시됐을 것이다.

그러나 국가는 사익을 추구하는 기업과 달리 공공성을 기본 가치로 삼는다. 따라서 국가에서 공공성이 제대로 실현되려면 여러 시스템이 차질없이 작동해야 한다. 프로란 무엇인가. 시스템의 다양한 기능과 상관관계를 꿰뚫어 보는 사람이다. 반면 아마추어는 이러한 시스템의 중요성을 모르기 때문에 시스템적으로 처리할 일을 주먹구구식으로 대충 때운다.

MB정부는 이러한 시스템의 중요성을 모른다는 점에서 아마추어이다. 그리고 이러한 시스템에 대한 무지와 경시는 참여정부에 대한 적개심에서 비롯된 것으로 보인다. '모든 것이 노무현 때문이고, 노무현과 반대로 하면 된다'는 식의 편견과 오기가 지난 10년간의 민주정부에서 정비된 우리사회 시스템을 제대로 평가하지 못하고, 잘 활용하지 못하게 만든 것 같다. 예를 들어보자. 국민의정부와 참여정부때는 청와대 지하벙커에 위기관리센터가 있었다. 이 센터에는 국내외 모든 영상자료가 대통령에게 바로 보고되는 시스템이 구축돼 있었다. 또 전쟁, 전염병 심지어 실업, 물가문제까지 세세한 대응메뉴얼이 마련돼 있었다.

그런데 이 위기관리센터를 MB정부가 없애버렸다. 참여정부가 만든 것이라는 이유때문이었다. 대신 MB정부가 한 것은 사고가 나면 비행사 점퍼 입고, 부분적으로 복원한 지하벙커에 모여앉아 사직찍는 일이 전부였다. 이번 구제역사태도 초기대응 미흡이 야기한 명백한 정책실패다. 그리고 이러한 실패는 위기대응시스템을 깡그리 없애버린 탓이 크다. 인사실패도 같은 맥락이다. MB정부의 인사청문회 낙마율은 11.6%인데 비해 참여정부는 매우 어려운 언론환경에서도 그 비율이 3.4%에 불과했다. 이는 참여정부 안에 치밀한 인사검증 시스템이 존재했기 때문이다. 또 인사문제와 관련해 중앙인사위원회가 고위직은 물론 일반 공무원들의 작은 승진까지도 철저히 체크하고 관리했다.

믿을 것은 '시스템' 뿐!!

이외에도 MB정부는 우리사회 발전에 비춰 특수한 목적을 위해 만든 통일부, 여성부, 정통부, 과기부 등을 없앴고, 특히 국정홍보처, 예산처, 국정상황실 등과 같이 여러 부처의 협력과 조정기능을 담당하는 부처를 모두 없앴다. 그 결과는 혹독했다. MB정부는 시스템을 걷어냄으로써 인치(人治)에 좌지우지됐다. '참기름 바른 뱀장어' 같이 말 잘하는 외교부 관료의 말을 따라 미국산 쇠고기수입 협상을 졸속으로 처리하는 바람에 MB가 '청와대 뒷산에 올라 아침이슬을 들어야' 했다. 시장을 무시한 채 물가를 때려잡으려다 오히려 망신만 당하고 말았다.

시스템이 없으니 모두 대통령의 입만 바라보고, 대통령의 말 한마디에 관료조직 전체가 들썩들썩, 우왕좌왕한다. MB는 자신이 마치 메시아라도 된 듯이, '기름값 대책 세워라', '물가 대책 세워라' 고 연일 지시하지만, 여지껏 그 지대대로 제대로 기름값이 잡히고, 물가가 진정됐다는 소식은 들은 적이 없다. 그러나 이제라도 늦지 않았다. 잘못을 인정하고 참여정부 시절의 시스템을 복원하면 된다.

MB의 요즘 최대 고민인 레임덕을 해결하는 길도 시스템이다. 집권 후반기가 될수록 MB주변 사람들은 제 살 길 찾아 각자도생을 도모할 것이며, 이렇게 되면 레임덕은 걷잡을 수가 없다. 결국 권력누수를 최소화할 시스템을 마련하는 길 밖에 달리 길이 없다. 그래서 필자의 경험에 비춰 정말 소중한 충고 하나 더 추가하겠다.

"참모의 말을 믿지 말라. 대신 시스템을 구축해라."

(2011. 2. 6)

연평도사태,
MB에게 책임을 물어야 하는 이유

"여태까지 미국의 작전 지휘를 받는 것에 길들여져 여러분 스스로 우리 민족과 한반도 안전을 위한 독자적인 군사전략을 가지려 노력해본 적이 있습니까."

노무현 대통령은 노기를 쏟아냈다. 2005년 봄, 국방부 대회의실에서 대통령을 비롯한 청와대 참모와 전군의 별 수백개가 참석한 가운데 대통령 업무보고가 있었던 자리였다.

정부 대변인으로 이 회의에 참석했던 필자는 당시 상황을 아직 생생히 기억하고 있다. 대통령이 격노하게 된 배경은 이랬다. 전시작전권이 곧 회수될 예정인 가운데, 우리 군사력을 증강시킬 대책이 시급했다. 세계적 추세에 따라 인력에서 기술 중심의 전략 증강을 위한 군의 편재가 불가피했다. 머리 숫자가 많은 육군의 별을 감축하는 대신 해·공군 중심의 첨단무기를 강화하는 방향으로 개혁해야 했다. 그것이 다름 아닌 '국방개혁2020'

이었고, 노무현 대통령은 이런 계획을 정권이 바뀐다고 해서 폐기하지 않도록 프랑스의 경우처럼 '법제화'를 추진했다.

발단은 여기였다. 당시 국방부 고위관계자가 업부보고를 하면서 '한국과 프랑스는 지정학적 상황이 달라 법제화가 적절치 않다'는 요지의 보고를 했다. 육군 중심의 기득권을 지키기 위해 꼼수를 부린 것이다. 그 보고가 끝나자 대통령은 '국방개혁 법제화와 지정학적 상황이 무슨 상관이 있느냐', '도대체 당신들은 별만 달고 있지, 우리 민족과 국가의 안위에 대해 진정으로 고민하고 있느냐'고 몰아붙이기 시작했다.

판돈 키운 북한, 카드없는 MB

영국 파이낸셜타임스(FT)는 최근 '북한이 판돈을 높이는데 한국은 패가 거의 없다(South has few cards to play as North Korea ups the ante)'는 제목의 칼럼을 통해 북한이 '전쟁이냐, 평화냐'의 선택을 강요한 반면 MB에게는 그에 대한 마땅한 수단이 없다고 평가했다. 이 칼럼의 제목은 향후 우리의 대응방향에 대해 많은 것을 시사한다.

북한은 왜 판을 키우려 했을까. 이번 사태에 대한 김정일의 책임은 피할 수 없지만, 그들이 이런 초강수를 선택한 내적 불가피성이 있었을 것이다. 김정일은 자신의 통치기간 중 북한을 둘러싼 국제환경을 개선하고 경제적으로 생존의 위협으로부터 벗어나고 싶어한다. 무엇보다 국제환경 개선을 위해 미국과의 수교가 필수적인 만큼 북한은 미국과의 양자협상에 매달렸다. 클린턴, 부시행정부는 이를 외면했지만, 부시행정부 후반기때 대화의 물꼬가 트이기 시작했다.

그러나 MB정부가 들어서면서 상황이 꼬였다. MB정부는 기존 남북 대화와 경제교류를 차단하고, 강경일변도로 북한을 밀어붙이며 긴장을 고조시켰다. 김대중, 노무현대통령처럼 미국과 북한을 완충, 연결시켜주는 역할보다 오히려 북미간 긴장을 조성하는데 몰두했다. 서해안 NLL근처를 미국의 훈련장으로 제공해 더 이상 방치하면 북한의 최후 방어선이 붕괴될 지경에 이르렀다.

오바마에 대한 기대도 어려웠다. 미국은 이라크, 아프가니스탄 등과의 전쟁으로 지쳐있었기 때문에 북한과 새로운 전쟁을 선택할 수 없는 상황이었다. 그렇다고 북한과 대화로 문제를 풀 의지도 보이지 않았다. 북한은 당초 오바마에게 기대를 걸었지만 점차 펜타곤에 의지하는 모습으 보면서 실망했다. 클린턴 국무장관의 대북 강경책이 오바마와의 이견때문이 아니라 바로 오바마의 생각이었다는 점이 확인됐다. 특히 최근 한국은 북한 붕괴시 미국이 진주할 수 있는 작전계획에 합의했다. 이런 상태에서 북한은 '전쟁이냐 평화냐'를 선택하는 카드를 던졌다. 판을 키워 선택을 강제하자는 것이다. 우선 북한은 우라늄 농축을 위한 원심분리기를 전격 공개했다. 미국을 비롯한 세계는 깜짝 놀라 북한이 얼마나 빠른 시간 안에 핵무기를 만들 수 있는지 분석하기에 바빴다.

곧이어 연평도를 포격했다. 사실상 전쟁에 준하는 도발을 감행한 것이다. 보도에 의하면 100~200여발, 정확한 숫자를 알 수 없는 엄청난 포탄을 날린 것이다. 다시 한번 '전쟁이냐 평화냐'의 선택을 강요한 것이다.

그렇다면 북한은 전면전을 선택한 것일까. 물론 검토했을 것이다. 그러나 북한은 아무리 포를 쏴 판을 키워도 미국, 특히 남한은 마땅한 선택의 카드가 없다는 것을 꿰뚫고 있었다. 미국은 이라크, 아프카니스탄에 이어 또 다른 전쟁을 할 처지가 아닌 만큼 결국 중국의 협조에 매달렸다. 그러나 중국이 협조하더라도 그것이 북한에 그대로 먹혀들지 않는다.

더욱이 이미 벌어진 연평도 폭격을 어떻게 할 수 있단 말인가. 이런 상황에서 전시작전통제권을 여전히 미국에 넘겨주고 있는 남한의 손을 묶는 것은 더욱 간단하다. 남한은 미국의 허락없이 데프콘등급을 상향하는 것도 불가능하다. '보복과 응징'을 입에 달고 다니지만, 그것이 뻥이라는 것을 북한은 너무 잘 안다.

문제는 전시작전 통제권이다

노무현 대통령이 환수하려 그렇게 애썼던 전시작전통제권(전작권)을 애걸복걸하면 다시 3년간 미국으로 넘긴 MB가 초기대응 부실을 지적하는 여론이 고조되자 '전시작전통제권이 미국에 있었기 때문'이라고 가증스럽게 변명했다.

전시작전통제권 환수 연기를 요청한 것은 다름아닌 MB 자신이었다. 지난 6월 G20(주요 20개국) 정상회의 참석차 캐나다 토론토를 방문했을 때, 이명박 대통령은 오바마 미국 대통령에게 전작권 환수 연기를 요청했고, 결국 오는 2012년 4월로 예정된 전작권 전환시기는 2015년 12월1일로 3년7개월여 연기됐다.

이같은 연기는 안보불안때문이 아니라, 기본적으로 국방부를 비롯한 군지도부의 자신감 결여에서 비롯됐다. 객관적 지표만 보도라도 남한은 군사적으로 북한을 압도하고 있다.

그런데도 군지도부는 주권국가로서 독자적인 군사전략을 수립할 고민과 능력이 부재한 상태이다. 오히려 미국에 의존해 기득권을 유지하려 하고 있다. 참여정부 시절, 국방부는 이러저러한 이유를 들며 전작권 환수를 연기할 기회나 논리를 만들기 바빴고, 전작권 환수에 대비한 '국방개혁'을 말도 안되는 이유로 뭉개려 했다.

문제는 군 지도부가 전작권이 없는 만큼 전시상황에 대한 고민을 하지 않는다는 것이다. 미국이 시키는 대로 하면 되는데, 왜 불필요한 고민을 하느냐는 식이다. 북한은 물론 일본이나 중국, 러시아와 군사적 충돌시, 어떤 전략을 가져야 하는지에 대해서도 고민하지 않는다. 육해공군을 어떻게 배치하고, 개별 전술을 어떻게 수행해야할지 연구할 필요도 없다. 연평도 포격 징후가 있었지만 그것을 종합적으로 판단할 필요를 느끼지 못했을 것이다.

미국이 다 알아서 해줄 것이기 때문에 한국 군대는 실질적인 전투를 수행할 능력을 상실해가고 있다. 이번 연평도 사태가 이를 잘 보여준다. 초기 대응으로 대포 약 80여발을 응사한 것 외에 육해공의 공조에 의한 독자적 작전은 전혀 이뤄지지 않았다. 일본도 한국 군대가 이렇게 무기력하다는 사실에 깜짝 놀랬다고 한다.

MB는 이러한 전투능력 저하를 개별 사병이나 부대의 책임으로 전가하려 할 것이다. 처음에는 민주정부 10년간 대북지원 때문이라고 궤변을 늘어놓았다. 그러나 MB가 대통령으로 군지휘권자가 된 지 3년이나 지났는데도 아직까지 전 정부 탓을 한다는 것은 너무 비겁한 짓이다. 궁여지책으로 내놓은 대책이 참여정부가 연평도 군사력을 축소했다는 새빨간 거짓말을 하면서연평도 인근 군사력을 강화한다는 것이다. 그리고 또 군사훈련 강화를 명분으로 훈련을 강화하거나 군기 잡기에 나설 것이다. 그러나 이번 연평도 포격사건은 사병이나 부대의 문제가 아니다. 그들의 전투력은 세계 최강이다. 문제는 MB와 군지도부의 무능력에 있다. 자신들의 무능력을 감추기 위해 괜한 군기잡기를 한다고 해서 문제가 본질적으로 해결된다고 할 수 없지 않은가.

MB의 무지 또는 사기, MB의 책임을 명백히 하자

필자가 중앙일보 논설위원 시절, 어느 공식석상에서 탈북자 문제를 놓고 보수 언론인과 논쟁을 벌인 바 있다. 당시 폴러 첸이라는 독일 의사가 북한주민 수 천명을 기획탈북시키겠다고 공언하고 다녔고 언론은 이를 크게 보도했다.

"진보를 자처하는 지식인들은 자기 기만적이다. 왜 북한 인권을 외면하는가. 인권을 그렇게 강조한다면 탈북을 지원해줘야 하는 것 아닌가."

문제는 탈북자가 한꺼번에 수 천명이 발생했을 때, 이들과 우리 사회 공동체에서 함께 공존할 준비가 돼 있냐는 점이다. 보수 언론인은 "한국사회에 풀어 놓으면 범죄자가 될 가능성이 높기 때문에 사회적 비용을 줄이기 위해 섬에 수용해야 한다"고 주장했다.

필자는 보수 언론인의 이런 이중적 태도에서 한국 보수세력의 '무지와 기만'을 보았다. 연평도 포격에 대해 보복과 응징을 강조하는 MB에게서도 동일한 '무지와 기만'이 느껴진다.

　보복과 응징, 강경 대응 따위의 말놀음을 하기 전에 전시작전권 환수가 전제되어야 한다. 그렇지 않다면, 겨우 미국이 중국에 외교적 협조를 얻어 확전을 막는 일에 전력할 것이고, 서해안에서 군사훈련도 중국을 자극하지 않는 범위 내에서 시늉만 하게 될 것이다. 전시작전권이 없는 MB로서는 달리 선택의 길이 없다.

　이미 중국의 다이빙궈 중국 외교담당 국무위원이 MB를 만난 뒤 중대발표를 했다. 그 내용은 예상대로 외교적 해결이다. MB도 대국민담화를 발표했다. 하지만 전작권에 대해서는 일언반구도 없이 전력 강화만 얘기하고 말았다. 결국 북한에게 이번 사태의 책임을 묻는 몇 가지 외교적 제스처로 마무리하겠다는 수순으로 보인다.

진보개혁세력, 평화노선을 다시 확인하라

　물론 군사적 대응이라는 카드도 있다. 그러나 이 카드가 불가능하다는 것은 북한은 물론 MB도 잘 알고 있다. 그래서 나온 첫 반응이 '확전 방지'였다. 보복과 응징이라는 강경대응 카드를 모르는 바는 아니지만, 누군가 불가능하다고 보고했을 것이다. 전시작전통제권도 없고, 설령 있다고 한들 이번 사태에 대한

MB의 책임을 잘 알고 있는 국민들에게 전쟁을 요구할 명분이 없기 때문이다. 그저 군복입고 국방부 지하벙커를 찾는 것이 고작일 것이다. 속내가 이렇더라도 겉으로는 보복과 응징이라는 말을 떠벌렸어야 했는데, 국방부 장관이 눈치없이 '확전방지' 라는 속마음을 까발리는 바람에 그의 목이 날려야 했다.

그렇다면 진보개혁 세력은 어떻게 해야 할 것인가. 북한의 잘못을 지적한 것은 당연하다. 특히 민간인 희생자를 낸 것에 대해서는 용서해서는 안된다. 그러나 그것만으로 모든 책임을 다했다고 할 수 있을까. 그렇게 북한을 비난하고 말아버린다면 진보가 보수와 무슨 차별이 있겠는가.

결론은 한반도 평화노선을 보다 명확히 확인하는 것이다. 이같은 국가적 위기 상황일수록 보수에 영합해 비난을 면하려 하기보다 진보노선을 보다 명확히 해야 한다. 첫째, 전시작전권을 환수하기 위한 시민적, 외교적 노력을 강구해야 한다. 전시작전권 환수를 통해 독자적 군사전략 역량을 강화해 한반도 차원에서 우리 안보를 주체적으로 지켜나 갈 수 있는 군사적 주권을 확보해야 한다.

둘째, 북미간 쌍방 대화가 원활하게 진행될 수 있는 외교적 수단을 찾아야 한다. 최근 미국의 워싱턴포스트는 "평양은 지속적으로 미국에 메세지를 전달했다. 미국과의 양자대화가 열리면 핵프로그램을 중단하고, IAEA사찰을 받고, 휴전회담을 평화회

담으로 대체하겠다고. 이제 미국이 북의 주장에 귀를 기울일 때
다"라고 썼다.

미국 보수언론도 북미 대화를 강조하고 있는 마당에 한국의
외교라인, 지식사회 등 다양한 경로를 통해 미국의 태도 전환을
유도해야 한다.

셋째, 북한에 대해 평화정착의 의사를 명확히 전달해야 한다.
남북한의 군사력 격차와 별개로 한반도에서 전쟁은 공멸을 가져
올 수 밖에 없다. 이런 점에서 한반도에서는 전쟁을 통한 승리보
다 분단을 평화적으로 관리하는 것이 매우 중요하다. 이런 점을
우리는 물론 북한에도 명확히 인식시키고, 우리의 확고한 태도
를 믿도록 만들어야 할 것이다.

마지막으로, 가장 중요한 것은 이번 사태에 대한 MB의 정치
적 책임을 명확히 하는 것이다. 남북관계를 파탄시켰음은 물론
충분히 군사적 충돌이 예상됐음에도 초기대응이 매우 부실했다.
또 이미 예정된 전작권 반환을 연기함으로써 우리의 독자적 군
사전략을 수립하는 것을 방해했다. 그러면서도 보복응징 등을
부르짖으며 전쟁망령을 불러옴으로써 긴장을 초래했다. 이는 곧
국민을 속이는 짓이다. 외교안보 현안이 중심의제가 되면 대통
령 지지도가 오르게 마련이다. 이것을 MB식 보복과 응징의 레
토릭에 대한 지지로 생각하면 큰 착각이다. 북한에 대한 마땅한
카드가 없다는 사실이 드러나면 곧 레임덕이 가속화될 것이다.

야당과 진보 개혁세력은 어려울 때일수록 원칙을 지켜야 한다. 어슬프게 냉전주의에 편승해 전쟁을 부추기고 나선다면 역사가 기억하고, 용납지 않을 것이다. 위기의 시대일수록 용기있는 지도자가 요청되는 법이다. 누가 새로운 시대의 지도가자 될지 우리 모두 지켜보자.

(2010. 11. 29)

이건희의 한 마디,
"나이많은 사람은 안맞죠"

"나이많은 사람은 안맞죠."

이건희 삼성전자 회장이 2010년 11월 2일, 공항에서 그를 기다리던 기자들에게 "앞으로 모든 리더는 젊음 외에도 리더십과 창의력이 있어야 하고, 21세기 새로운 문화에 적응을 빨리, 잘해야 한다"며 이렇게 말했다. 이 회장은 그 전달 12일 멕시코 출장길에 오르면서 '젊은 조직론'을 화두로 던졌었다. 이 회장이 공항을 떠날 때 한번, 그리고 돌아올 때 다시 한번 던진 말이 미묘한 파장을 낳고 있다.

연말 정기인사를 앞두고 삼성그룹 '노땅'들은 '설마' 하는 마음으로 이 회장을 기다렸다가 하늘이 노랗게 변하는 느낌을 받았을지 모르겠다. 이 회장의 발언에 대한 가장 일반적 해석은, 그것이 삼성그룹 조직 내부를 노렸다는 것이다. 그러나 필자는 조금 다른 각도에서 해석하고 싶다. 역대 정부마다 이 회장의 발언은 '다른 뜻'으로 해석되곤 했기 때문이다.

이 회장은 문민정부시절인 1995년, 북경에서 "기업은 2류, 관료조직은 3류, 정치는 4류"라고 말했다가 곤욕을 치렀다. 이후 정치를 직접적으로 언급하는 것을 삼가했지만, 그의 발언은 항상 정치적으로 해석됐다. 예컨대 참여정부시절인 2007년 1월, 청와대 영빈관에서 회의를 마치고 나오던 이 회장은 "한국이 일본과 중국 사이에서 샌드위치가 될 수 있다"고 말했다. 당시 이 회장은 기자들이 둘러싸고 '한 말씀'을 요구하자 기업인으로서 충분히 할 수 있는 지극히 평범한 말을 했다. 그러나 당시 언론은 그의 말을 '샌드위치론'이라는 독트린 수준으로 격상시킨 뒤 이를 근거로 참여정부를 격렬히 물고 늘어졌다.

"우리나라 수출의 4분의 1을 차지하는 기업의 총수가 이렇게 나라를 걱정하는데, 도대체 정부는 뭐하고 있냐"는 식으로 말이다.

이처럼 작은 건수만 있어도 참여정부를 몰아붙이던 언론이 이번만은 잠잠하다. 이명박정부 들어 정경분리가 확실히 자리를 잡았기 때문일까. 아니면 청와대 비서관이 기획재정부 과장에게 주먹을 날릴 정도로 위세등등해져 기가 죽었기 때문일까. 솔직히 필자는 이 회장 발언에 대한 정치적 독법(讀法)에 더 솔깃하다. 지금까지 기자, 논설위원, 참여정부의 국정홍보처장 등으로 일한 감으로는 그의 발언을 이명박정부에 대한 비판으로 읽는 것이 충분히 가능하다고 판단한다.

삼성 내부의 세대교체라면 굳이 외부에 말할 필요가 없다. 그냥 자신의 의지대로 하면 된다. 특별한 걸림돌이 있어 여론을 이용할 필요도 없어 보인다. 그냥 인사조치를 하면 언론이 알아서 해석해주지 않는가. 이런 관점에서 봤을 때, 이 회장이 언론을 향해 두 번씩이나 같은 요지의 발언을 흘린 것은, 의도적으로 이 정부를 노린 것으로 해석할 여지가 충분해 보인다. 예컨대 "이 정부 사람들, 21세기에 안 맞죠. 나이가 문제가 아닙니다. 하는 짓이 구태예요. 21세기에 맞는 새로운 세대가 나와야 합니다"로 말이다.

특히 MB정부는 처음에 '비즈니스 프랜들리'을 높이 내걸고, 대기업을 위해 간이고, 쓸개고 다 빼줄 것처럼 했다가, 어느 순간 '친서민 중도실용' 깃발로 갈아 달고는 별의별 간섭을 다하지 않았는가. 이 회장으로서는 믿었던 도끼에 발등 찍히는 심정이었을 것이고, '구태의 회귀'가 일어나고 있다고 느꼈을 것이다.

MB정부는 물가 잡는다는 이유로 시장에 직접적으로 개입했다가 'MB물가'가 오히려 더 오르는 바람에 망신을 당했다. 또 대기업을 향해 적정이윤을 내야 한다며 '용감하게도' 기업활동의 가이드라인까지 제시했다. 대기업의 입장에서 봤을 때, 보수 정권의 장점은 상대적으로 기업친화적이라는 점이다. 그런데 보수정권을 자임하는 이명박정부는 레토릭으로는 '친시장'을 외치면서 실제 하는 짓거리는 정반대다. 진보정부였던 참여정부때도 이처럼 노골적으로 시장과 기업활동에 개입하거나 간섭하지 않았다. 구태도 이런 구태가 없다.

"나이 많은 사람은 안 맞죠." 이 말을 둘러싼 해석은 다양하다. 필자는 이 말을 이 회장이 이명박정부의 구태를 향해 날린 독설로 해석하는데 한 표를 던지고 싶다.

(2010. 11. 2)

MB를 위한 '변명'

소크라테스의 「변명」은 아테네의 젊은이들을 타락시키고 신을 믿지 않는다는 죄목으로 죽음에 몰린 소크라테스가 정의와 인간정신에 대한 성찰을 요구한 자신의 주장이 타당함을 확신에 찬 목소리로 서술한 책이다. 레지스탕스운동에 가담했다가 나치에 의해 총살당한 마르크 블로흐는 암울한 현실에도 불구하고 기필코 정의와 진보를 향해 전진하는 역사에 대한 희망과 확신을 「역사를 위한 변명」 속에서 절절히 드러냈다.

사르트르의 「지식인을 위한 변명」은 엄혹한 현실 속에서 지식인이 가져야 할 역사의식과 행동양식에 대해 죽비와 같은 울림으로 말하고 있다. 이들 책은 모두 '변명' 이라는 제목을 달고 있지만, 결코 궁색하지 않다. 오히려 현실이 아무리 암울하더라도 역사의 진실과 정의는 결코 우리를 배반하지 않는다는 당당한 자기확신의 목소리를 담고 있다.

필자도 중앙일보 기자 시절, '변명'이라는 제목의 글을 쓴 적이 있다. 2003년, 송두율 교수가 정부의 반대방침에도 불구하고 귀국을 강행하자 보수언론들이 벌떼처럼 들고 일어났다. 필자는 분단현실에서 지식인의 고뇌에 찬 결단이라는 관점에서 그 선택의 불가피성을 옹호하는 '변명'의 칼럼을 썼다. 또 2001년, 강정구 교수가 방북 후 행적때문에 국가보안법 위반 혐의로 구속기소됐을 때, 필자는 학자의 양심에 따른 판단은 실정법의 잣대가 아니라 학문적 토론의 장에서 논의돼야 한다는 요지의 '변명' 글을 썼다. 이로 인해 필자는 신문사 내외부로부터 엄청난 압박을 받았고, 이런저런 이유가 겹쳐 결국 고정칼럼을 접어야 했다.

이제 필자는 'MB를 위한 변명'의 글을 쓰고자 한다. 참여정부의 국정홍보처장까지 지낸 사람이 MB를 위한 변명을 하다니…. 그러나 너무 놀라진 마시라. MB를 위한 변명을 쫓아가다 보면 그것이 앞서의 당당했던 변명과는 달리 얼마나 궁색하고, 반역사적인지 생생히 깨닫게 될 것이다.

어떻게 유치한 G20인데

MB의 지지율에는 적지 않는 거품이 끼어있다. 이에 대해 필자는 평소 20% 가량이 거품이라고 주장했다. 2010년, 6·2지방선거 직전까지만 해도 MB의 지지율은 40~50%대를 유지했고, 대개의 여론조사가 집권여당의 승리를 점쳤지만, 결과는 정반대였다. 이러한 괴리는 전화여론조사의 문제점때문이다. 지금의 여론조사방식은 대낮에 가정집으로 전화를 걸어 묻는 방식인데, 이런 식으로 하면 대개 가정주부나 노인들이 응답을 하게 되는 등 특정 계층과 세대가 과대표집되는 문제점이 발생한다. 그래서 최근 젊은층만을 대상으로 여론조사를 해본 결과, MB의 지지도는 겨우 17%였다. 이 정부 들어 청년실업을 해결하기 위해 얼마나 애를 썼던가. 새벽시장에 나가 눈물을 훔치고, 목도리를 걸어주고, 국밥도 먹었는데, 그 성적표가 겨우 17%라니 MB로서는 억울하기 짝이 없을 것이다.

2008년 초, 촛불시위대가 광화문광장을 가득 메웠을 때, MB는 청와대 뒷산에서 회한 가득히 '아침이슬'을 들었다고 했다. 외교부라인과 보수언론이 줄기차게 요구한 쇠고기수입 문제를 직접 총대를 매고 해결했는데도, 그 책임을 온통 뒤집어 써야 했다. 그랬는데 최근 중앙일보가 G20을 공개적으로 비판하고 나왔다. 조선일보도 '단군 이후 최대행사', '국운상승' 등의 온갖 미사려구를 동원해 칭송해마지 않는데, 중앙일보가 'G20가 밥 먹여 주냐'며 어깃장을 놓다니….

G20 유치를 위해 얼마나 많은 애를 썼던가. 임기 후반 레임덕을 막고, 역사에 이름을 남기기 위해 G20의 성공은 필수다. 이를 위해 예산 2조원이 아깝지 않을 정도고, 경제효과는 최대한

뺑뛰기해야 한다. G20을 명분으로 집시법을 고쳐놓으면, 임기 후반 국민저항을 막아내는데도 여러모로 이득을 볼 것이다. 이런 속내를 모르지 않을 중앙일보가 G20에 어깃장을 놓기 시작한 것은 아마 올해 말로 예정된 방송사업자 선정에 압력을 가하기 위한 것은 아닐까. 대선 보은(報恩)은 반드시 한다고 여러차례 암시를 줬는데도, 중앙일보가 이렇게 나오다니, MB로서는 억울하기 짝이 없을 것이다.

얼마나 박정희 흉내를 냈는데

보수언론과 형님친구들은 MB에게 박정희를 롤모델로 삼으라고 했다. 그래서 박정희처럼 관리품목을 만들고, 물가를 잡으려고 했는데, 제대로 되지 않았다. 오히려 MB관리품목은 다른 품목보다 곱절로 가격이 뛰었다. 박정희처럼 민간사찰도 했는데, 오히려 세상만 시끄러워졌다. 박정희 발전전략이란 국가가 강제로 자원을 동원해 고속성장을 추구하는 모델이다. 그러나 이 모델은 더 이상 유효하지 않다. 그 대안으로 시장중심주의 발전전략이 등장했지만, 이마저도 IMF외환위기를 겪으면서 더 이상 대안이 될 수 없다는 점이 분명해졌다.

이제 우리사회에 필요한 것은 '국가냐, 시장이냐'는 이분법을 넘어서는 새로운 발전전략이다. 그런데도 보수언론 등은 '박정희처럼~' 을 요구했고, MB는 이를 충실히 흉내냈지만, 손에 쥔 것은 아무 것도 없다. 이제 박정희처럼 할 수 있는 것은 라이방 쓰고 골목시장 누비는 일 밖에 없다. 시대가 변한 탓이다. 박정희처럼 하고 싶지만, 더 이상 그럴 수 없는 MB로서는 억울하기 짝이 없을 것이다.

최근 김광웅 전 중앙인사위원장이 'MB인사가 철학의 부재로 시스템을 붕괴시켰다'고 비판했다. 반면 참여정부는 인사시스템을 갖추는데 많은 노력을 기울였다. 붕괴된 시스템은 바로 참여정부때 만든 것이다. 참여정부 인사정책은 크게 세 가지로 요약할 수 있다.

첫째 인사위원회를 행자부로부터 분리해 견제와 균형을 유지하는 것, 둘째 평가와 교육을 통해 점진적으로 공직사회를 개혁하는 것, 마지막으로 인적 통치가 아니라 시스템을 통해 제도적 안정을 구하는 것이다.

이러한 참여정부의 인사시스템이 이 정부 들어 붕괴됐다. 예컨대 이 정부가 제일 먼저 시작한 것은 부처 통폐합이었다. 통폐합된 부서는 크게 두 종류였다. 첫째, 우리 사회발전에 필요한 특화된 부서들로, 과기부, 정통부, 해수부 등이 사라졌고 통일부, 여성부는 겨우 살아남았다. 둘째, 협의조정 부서였다. 홍보처, NSC, 예산처는 물론 각종 위원회가 사라졌다. 사회가 다양화될수록 사회갈등을 조정협의하는 것은 정부의 주요 업무로 부각되고 있다. 그런데도 '작은정부' 신화로 인해 정부의 협의조정 기능을 하던 부처가 사라졌다. 무조건 없애는 게 능사는 아니다. 시대변화와 사회흐름에 따라 반드시 필요한 부서는 남겨 둬야 하는데도, 앞뒤 가리지 않고 통폐합해버렸다. 그래서 국가브랜 드위원회처럼 대통령 직속기구를 만들어도 봤지만, 실행기구가 없는 위원회가 제대로 일을 하기는 힘들다.

더 큰 문제는 대부처가 되면서 장·차관들의 인사장악력이 현 저히 약화됐다는 것이다. 장관 한 명이 1500여명에 이르는 직원 들을 효율적으로 통솔하기는 힘들다. 그러니 장관 뺑뺑이 돌리 는 공무원들의 파워만 더 세진 꼴이다. 공무원조직에서 시스템 이 붕괴되자 인치와 관행이 판을 치기 시작했다. 김광웅 전 중앙 인사위원장이 참여정부의 시스템과 비교해 이 점을 지적한 것이 다. 그래서 MB는 이번에도 보수언론들이 '이게 다 노무현 탓' 이라고 변명해 줬으면 하는데도, 모른 척한다. '이게 다 노무현 탓' 인데, MB로서는 억울하기 짝이 없을 것이다.

어느 컬럼니스트는 MB를 '리빠똥 보수'라고 조롱했다. 한마 디로 아마추어라는 것이다. 재벌가의 고용사장도 했고, 서울시 장도 한 MB로서는 억울하기 짝이 없을 것이다. 그러나 MB의 아마추어리즘은 MB 개인능력의 한계라기보다는 현단계 한국 보수세력의 수준이라고 보는 것이 더 정확할 것이다. 그래서 MB는 자기가 보수세력을 대신해 독박쓰는 것이 억울할 것이다.

보수세력들이 훈수한 '작은 정부', '시장 제일주의'를 충실히 이행한 것 뿐인데, 결국 그 실패의 책임을 혼자 뒤집어쓰고 있으니, MB로서는 얼마나 억울하기 짝이 없을까.

(2010. 10. 20)

MB정부 안에 X맨 있다

"저 사람 정신 나간 사람 아니야?"

어느 대학교수께서 MB정부가 '공정사회'를 국정운영의 기조로 삼겠다고 한 것에 대해 조소하면서 한 말이다. 부자감세, 토목경제 등 강자 중심의 정부운영을 거침없이 해오던 MB가 갑자기 '공정사회'를 떠들고 있으니, 좋게 보면 무식하거나 정신 나간 사람이고, 나쁘게 보면 교활한 사람일 것이라는 거다.

그렇지 않고서야 어떻게 어제까지 하던 일을 팽개치고(정확히 말하면 예전 그대로 하면서) 갑자기 '공정, 공정!'을 외치고 다닐 수 있는가.

명색이 일국의 대통령인데, 마치 영화 '부용진'에서 시대착오적으로 '혁명이오!'만을 외치고 다니는 광인(狂人)이 오버랩될 정도다.

공정사회가 MB의 굴레?

벌써 한나라당 내부에서 공정사회가 'MB정부의 굴레가 될 것'이라고 우려하는 목소리가 나온다. MB의 정치적 기반이 불공정사회를 기반으로 성장해온 집단과 세력이라고 한다면, '공정사회'가 자기 기반을 무너뜨려 스스로 무덤을 파는 꼴이 된다고 걱정하고 있는 것이다. MB의 '공정사회' 이후 외교부가 유탄을 맞았다.

유탄의 첫 희생자는 유명환 외교통상부 장관이었다. 아마 '공정사회'가 아니었다면 외교부는 '아버지에 이어 딸도 국가를 위해 헌신하겠다는데…'라고 항변했을지 모른다. 외교부는 아직도 '그놈의 공정사회 때문에 당했다'고 생각할지 모른다. 필자가 국정홍보처장으로 일하면서 정부가 하는 일에 가장 비협조적인 부서가 바로 외교부였다. 외교부의 잔머리는 정말 혀를 내두를 정도였다. 참여정부 시절 외국에 나가 있는 수많은 한국 대사들의 인터뷰가 어떤 이유에서인지 조선일보에만 유독 자주 실렸다. 참여정부의 고민이나 공직자로서의 책무에 관심이 없었던 것이다. 어느 정부가 들어오든 상관없이 아버지에서 아들로 이어지는 기득권 재생산구조는 정부정책을 무시해도 잘 먹고, 잘 살 수 있도록 만들어 놓았기 때문이다.

이런 외교부가 자식들 좀 특채 했다고 지금 폭탄을 맞고 있다.

뭐 예전에는 훈훈한 감동기사로 다뤄졌던 일이다. 과거에는 '아버지에 이어 아들도 국가를 위해 외교관으로 희생(?)하고 있다'는 등의 기사가 적지 않았다. 과거에는 휴먼스토리였던 것이 공분(公憤)의 대상으로 변해버린 것이다. 외교부 출입기자들이 갑자기 마음이 변하기라도 한 걸까.

아직 밝힐 수는 없지만, 필자는 어떤 경로를 통해 MB가 '공정사회'를 자신의 임기 후반기 아젠다로 선택하게 됐는지 대충 알고 있다(물론 이 아젠다도 오래 못 갈 가능성이 있지만). 이 이야기를 들었을 때 필자는 '아차!' 하는 생각이 들었다. 과거 전두환 정권이 '정의사회'를 정치적 슬로건으로 사용함으로써 '정의'의 의미가 어떻게 굴절됐는지 기억났기 때문이다.

'공정성'은 그것 자체만으로도 우리 사회에서 매우 진보적 가치를 갖고 있다. 해방이후 산업화과정은 기본적으로 불공정 사회를 조건으로 이뤄져 왔고, 불공정 위에 또 다른 불공정이 끊임없이 확대재생산되는 과정이었다. 수도권 중심의 발전전략, 노동자와 농민의 희생을 전제로 한 산업발전, 재벌중심의 발전전략은 물론 교육, 부동산, 금융, 법률 등 거의 모든 영역에서 불공정 게임이 이뤄졌다. 물론 그것이 우리 사회의 파이를 키움으로서 삶의 질이 전체적으로 상승한 것은 분명하다. 하지만 동시에 불공정도 확대, 심화됐다는 것은 부인할 수 없다.

이런 점을 고려하면 지금 이 시점에서 공정성만큼 중요한 진보적 가치는 없다고 할 수 있다. 사회의 모든 영역에서 기회균등은 지금 우리가 해결해야 할 핵심문제이고, 이를 위한 가치와 원칙으로 공정성은 현재 진보의 핵심이라 할 수 있다. 전두환정권이 '정의'라는 말을 쓰는 바람에 더 이상 정의는 본래의 의미대로 정의(定義)될 수 없었다. 전두환이 만든 정당이 민주정의당이고, 한나라당은 그 손자뻘쯤 된다.

안타까운 것은, 이 진보적 가치(담론)가 가장 반동적인 MB에 의해 훼손되고 있기 때문이다. 마치 학생들이 피흘려 지키려 했던 '정의사회'를 전두환정권이 전용해 그 가치를 훼손한 것과 같다. 한심한 것은 공부하지 않는 야권의 지도자들이다. 지금 대통령 후보급이라고 자처하는 정치인들 중 나름대로 우리 사회를 제대로 규정하고, 진일보시킬 수 있는 아젠다를 갖고 있는 분을 발견할 수 없다. 김대중 대통령에게는 동서화합, 남북평화, 대중경제, 인권민주주의 등과 같이 시대를 가로지르는 아젠다가 있었고, 이를 통해 국민은 김대중이라는 정치지도자를 인식하고 신뢰했다. 노무현 대통령은 상식과 원칙이 통하는 사회, 사람사는 세상, 특권폐지 등을 아젠다로 제시하고, 국민의 지지를 모아 대통령이 되었다.

하지만 지금 야권의 지도자를 보면 그런 아젠다가 없다. 그래서 안타깝게도 '공정사회'와 같은 의제를 MB에게 빼앗겨 버렸다. '4대강개발 반대', '미디어법 반대' 뒤에 숨어 우리사회의 비전에 대한 고민을 게을리했다. 과거에는 모든 것이 민주-반민주 구도로 용해돼 별다른 대안담론이 필요없었다. 그저 민주진영에 서는 용기만 있으면 됐다. 하지만 지금은 다르다. 486이든 누구든 대안없는 세력은 존재의미가 없다. 문제는 MB가 이런 대안담론마저 선점해 오염시키고 있다는 점이다.

'정의' 개념 투쟁이 필요하다.

공정성이란 기회의 균등한 배분을 의미한다. 공정성이란 정치영역 뿐 아니라, 경제, 사회영역에서 불편부당한 민주적 절차라고 할 수 있다. 특권으로 이익을 취득하거나, 부당하게 타인의 기회를 빼지 않는 것이 공정성의 최소조건일테고, 조금 적극적으로는 약자들에게 사회적 재화를 조금 더 얹어주는 것까지 포함할 것이다. 그러나 이 공정성은 '정의'의 하위 개념일 뿐이다. 민주적 절차와 기회의 균등한 배분은 한 사회의 정의를 실현하는 한 방법일 뿐, 한 사회의 가치를 궁극적으로 표현하지는 못한다. 마이클 샌들은 『정의란 무엇인가』(김영사)에서 '정의란 올바른 분배만의 문제가 아니라 올바른 가치판단의 문제'라고 정의한다. 공정한 이익의 배분을 넘어 한 사회가 지향하는 미래지향적 가치판단을 의미하는 더 포괄적 개념이라는 것이다.

가령 장애인 여성을 여러 명의 남성이 성폭행했다고 가정해보

자. 공리주의적 관점에서 봤을 때, 성폭행을 통해 남성들의 쾌락은 증가했을지 모르지만, 그것은 정의에 어긋난다. 최대다수의 최대행복이라면 누군가의 희생쯤은 무시할 수 있다는 공리주의적 관점의 치명적 약점이다.

정의는 이익이 되지 않더라도, 우리가 지켜야 할 어떤 가치와 관련이 있다. 친일청산, 남북의 평화정착, 환경보호 등이 그러하다. 아동들의 먹을 권리와 구타당하지 않을 권리 등도 그렇다. 때론 절차는 공정하지만, 결과가 정의롭지 못한 경우도 있다. 대기업과 중소기업사이의 경쟁은 현행법의 범위에서 절차에 하자가 없다고 하더라도, 애초 출발점이 다르기 때문에 그 결과는 매우 불공정하다. 따라서 사회적 약자를 배려하는 사회적 장치, 분배정의를 위한 제도 등이 필요한 것이다. 존 롤즈도 「정의론」에서 '최소수혜자 우선의 원칙'을 정의로운 사회의 기본조건 중하나로 제시하지 않았는가.

결국 정의란 한 사회가 유지되고 진보하기 위해 필요한 가치판단의 체계로 요약할 수 있다. 절차적 공정성은 정의를 실현하기 위한 최소한의 요건이다. 그리고 복지와 평화 등의 개념은 바로 한 사회가 건강하게 유지되고 진보하기 위한 가치판단인 '정의로운 사회'의 핵심 구성요소들이다. 정의의 여신은 저울과 칼을 들고 있다. 불편부당함이 정의의 가장 중요한 요소라는 의미일 것이다. 그러나 정의는 절차적 공정함을 넘어서는 더 큰 개념이다.

불행히도 전두환정권의 '정의사회' 슬로건 때문에 정의의 개념 자체가 오염돼 버렸다. 전두환정권의 정의사회는 조폭들이 어깨에 새긴 '바르게 살자'라는 문구처럼, 본래의 의미를 잃어버린 사어(死語)가 돼 버렸다. 따라서 이제 굴곡진 한국사에서 우스꽝스럽게 변질돼 버린 정의라는 단어의 명예회복을 시작해야 한다. 정의에 대한 진보적 의미부여를 위한 개념투쟁이 필요하다. 지금 진보개혁세력이 지향해야 할 사회, 그리고 우리가 다음 대선에서 담론투쟁의 중심에 세워야 할 것이 다름아닌 '정의로운 사회'가 아닐까. 공정한 사회, 균형발전, 보편적 복지, 평화공존 등은 바로 정의의 하위 범주인 정책의제들이라 할 수 있다. 최근 야권의 정치지도자들이 진보를 얘기하면서 주장하는 수많은 의제들도 결국 이들 정책의제의 일부에 해당할 뿐이다.

MB가 오염시킨 공정사회의 허구를 폭로하고, 사회의 총체적 가치를 진보적으로 재구조화하기 위해 '정의로운 사회'를 정치운동의 중심에 둬야 하는 것은 아닐까. 진보도 기존의 경제 및 노동정책이나 남북관계를 넘어 새로운 사회적 정당성에 기초한 사회상을 제시하고 시민의 동의를 구해야 한다. 진보가 주장하는 수많은 정책의제들이 정의에 의해 뒷받침 돼야 하고, 보수의 의제였던 정의를 진보의 것으로 되찾아 와야 한다. 그렇지 않으면 진보개혁세력은 정당성을 확보하기도, 편협한 도그마에서 벗어나기도 힘들 것이다. 군사정권의 사생아가 돼 버린 정의를 진보개혁세력의 친자(親子)로 확인하는 개념투쟁없이 진보개혁세력의 승리는 기대하기 어려울 것이다.

(2010. 9. 15)

개발독재와 시장만능주의 모두 실패했다

2008년 말, 캐나다 UBC교환교수를 마치고 귀국해 봉하에서 노무현 대통령을 만났다. 대통령께선 '국가란 무엇인가' 라는 책을 쓸 계획을 세우고 있었다. 퇴임 전, 민주주의에 관한 책을 내고자 했던 문제의식의 연장선이었다. 노 대통령은 필자에게 집필작업을 도와줄 것을 희망했다. 참여정부 시절, 국정홍보처가 만든 「대한민국 교육 40년」, 「대한민국 부동산 40년」, 「참여정부 경제 5년」 등 3부작에 대해 특별한 애착을 가졌기 때문이었다.

필자는 즉각 준비작업에 들어갔다. 국정홍보처에서 해직된 기자출신 공무원과 관련 전공 박사들을 모아 서울에 사무실을 열었다. 그리고 매주 대통령과 봉하에서 1박2일의 토론을 가졌다. 이 토론에서 대통령께서 하신 말씀을 정리해 놓은 것이 바로 「진보의 미래」이다.

주제가 왜 '국가란 무엇인가' 에서 '진보의 미래' 로 바뀌었을까. 내부토론 과정에서 대통령의 문제의식을 '국가'라는 주제로 담아낼 수 없다는 점이 분명해졌기 때문이다. 노 대통령은 재임 시절 비정규직, 청년실업, 양극화 등의 문제를 속시원하게 풀지 못한 것을 안타까와했고, 복지기반을 혁신적으로 확충하지 못한 것을 아쉬워했다.

왜 「진보의 미래」인가

노 대통령은 시장중심 성장정책으로 인한 양극화와 사회적 약자에 대한 최소한의 안전장치로써 복지확충 등을 국가의 중요한 역할로 생각했다. 그러나 토론과정에서 이런 국가중심 접근방식이 과거 군사정권 시절의 국가주의와 어떤 차이가 있는지 분명하지 않았다. 또 시장에 대한 국가개입, 국가주도 복지만으로 오늘날의 진보를 한정하는 것은 문제가 될 수 있었다. 다시 말해 국가의 역할 강화를 진보와 등치(等値)할 수 없다는 것이었다. 필자는 이런 문제의식을 담아 고대에서부터 현대에 이르기까지 다양한 국가론을 약 50페이지의 보고서로 만들어 드렸다.

그리고 「진보의 미래」로 주제가 바뀌었다. 어차피 우리가 말하려는 것이 '진보'이니, 바로 '진보'를 중심에 놓자는 것이었다. 여전히 냉전이데올로기가 기승을 부리는 상황에서 '진보' 의제는 시기상조라는 반론도 있었지만, 그럴수록 진보를 더욱 적극적으로 의제화해야 한다는 주장이 힘을 얻었다. 이에 대해 노 대통령은 "몇 십년간 우리를 지배해온 성장중심 사회에서 복지중심 사회로 전환하는 것이 진보의 핵심이다"고 정리했다.

현재 정치권에서 복지가 주요의제로 부각된 것은 바로 노 대통령의 「진보의 미래」에 기인한 바가 크다.

그동안 국가는 우리사회 발전전략의 중심에 있었다. 이른바 '박정희모델'이 대표적인데, 이는 국가가 모든 인적, 물적 자원을 총동원해 성장에 투입하는 개발독재였다. 또 이러한 개발독재를 통해 파이를 키운다는 명목으로 민주주의를 희생시키는 폭력적 통치방식이 군사독재였다. 그러나 1970년대 후반, 개발독재에 의한 성장은 한계에 이른다. 이는 경제성장을 정당성의 근간으로 삼았던 개발독재의 정치적 토대를 위협함으로써 내부 갈등을 촉발했으며, 결국 박정희는 측근에 의해 암살당하는 비극을 겪어야 했다. 이어 등장한 신군부는 군사독재를 기반으로 강력한 시장주의정책을 추진했다. 그동안 억제된 시장의 잠재력을 극대화한다는 방향이었지만, 아이러니컬하게도 시장을 추동하는 것은 국가였다.

신군부라는 과도기를 거치면서 우리사회는 '시장'과 '작은 정부(자유주의국가)'가 주요발전전략으로 떠올랐다. 탈권위주의라는 시대정신의 탈을 쓰고, 당시 한국사회의 위기가 '국가실패'에서 비롯된 것으로 정의되면서 '시장'이 그 대안으로 떠올랐다.

친재벌 연구기관인 자유기업원부터 언론, 그리고 지식인들이 '작은 정부'와 '시장만능주의'의 복음을 전파하기 시작했다. 예컨대 재벌을 우호적으로 다룬 언론 사설과 칼럼의 수는 1995년 17%에서 2005년 39%로 크게 늘어났다. 그러나 이러한 시장중심 발전전략은 곧 위기에 봉착했다. IMF외환위기라는 국가부도 사태는 바로 시장중심 발전전략의 처절한 실패를 상징한다. 시장이 국가주의 발전전략의 대안이라는 주장은 거짓임이 명백해졌다.

국가도, 시장도 모두 실패

이처럼 국가주의 발전전략은 한계에 봉착했고, 그 대안으로 부상했던 시장중심 발전전략은 처절한 실패를 맛봤다. 이런 상황에서 이명박정부는 권위주의국가와 시장중심주의의 얼치기 조합이라는 대안을 들고 나왔다. 예컨대 MB물가를 정해 집중관리하면 물가를 잡을 수 있다는 발상은 전형적인 개발독재식 사고이다. 한편 각종 규제완화, 수도권 규제완화, 법인세 인하 등은 전형적인 신자유주의적 접근방식이다. 특히 이러한 신자유주의는 시장에 대한 국가개입의 축소 등 '작은 국가'를 주장하면서, 동시에 시장의 유지를 위해 내재적으로 '강한 국가'를 필요로 한다는 점에서 모순적이다.

　MB는 이러한 신자유주의의 모순을 적나라하게 보여준다. 용산참사 등 여러 사건에서 기업의 이익과 약자의 생존권이 갈등할 때, 국가는 일방적으로 기업의 편에서 약자의 생명과 이익을 짓밟는 모습으로 등장한다. 이처럼 편파적이고, 강한 국가는 일방적으로 서민에게 고통과 희생을 가져오기 때문에 그 결과는 혹독하다. 지금 서민들은 물가상승과 전세난으로 최악의 어려움을 겪고 있다. 부자감세로 인한 국민의 세금부담도 이명박정부 3년동안 크게 늘어났다. 이뿐 아니다. 2009년 OECD통계에 따르면, 한국은 국채증가율, 세부담증가율, 저임금노동자비율, 근로시간, 노동유연성, 비정규직비율, 산재사망자, 사교육비비중, 이혼율, 자살률 등에서 1위이다. 반면 출산율은 꼴찌이고, 소득격차는 2위이다.

　오직 '경제' 이슈로만 대통령에 당선됐던 MB의 경제성적표는 너무 초라하고, 지난 3년동안 서민의 삶은 너무 힘들고, 처절하다. 시장과 국가의 얼치기 조합으로 구성된 MB식 발전발전은 더 이상 유효하지 않다. 이는 MB정부를 통해 실험했던 한국 보수세력들의 발전전략이 현실에서 제대로 작동하지 않는다는 것을 의미한다는 점에서 한국 보수세력의 실패라고도 할 수 있다.

　우리사회의 발전전략으로 국가와 시장을 오락가락했던 보수세력은 MB정부에 와서 역사상 가장 조잡한 국가/시장 조합양식을 선보였지만, 그 결과는 서민들의 고통 뿐이었다.

YS가 IMF외환위기를 초래한 것처럼, MB 역시 어설픈 비전과 경제정책으로 민생고를 심화시킨 대통령으로 기억될 것이다. 이런 MB에 대해 노무현 대통령이 살아계셨다면 이렇게 말하지 않았을까. "MB, 당신 틀렸어!"

(2011. 2. 15)

2부

종편 청문회를 준비하자

정책홍보 토론회에서(2006).
참여정부는 정부와 언론의 긴장관계를
통해 업무의 질을 높이고,
국민의 알권리를 보장하려고 했다.

종편은 MB의 독배

참여정부에서 가축 300만 마리가 생매장됐다면 어떤 일이 벌어졌을까. 보수언론은 참여정부의 위기관리 미흡을 질타하고, 무능정부라고 몰아붙이며 '총궐기' 했을 것이다. 돌이켜 보면, 보수언론은 참여정부를 공격할 수 있는 소재라면, 의제의 좌우를 가리지 않았다.

'양극화' 문제로 참여정부를 집요하게 물고 늘어졌던 것은 오히려 보수언론이었다. 그러나 어찌된 일인지 MB정부에 들어와선 시퍼렇던 칼날이 무뎌졌다. 구제역 전국확산, 전세대란, 물가폭등 등 서민경제를 위협하는 위기가 너울처럼 밀려오는데도 이를 경고하는 보수언론은 보기 힘들다. 가끔 정동기 감사원장 후보자를 낙마시키는 등 MB정부와 각을 세우는 제스춰를 취하기도 하지만, 이는 어디까지나 전략적인 판단에 따른 것이고, 정부를 향한 화기애애한 태도는 참여정부때와 매우 대조적이다.

언론과 유착할수록 무능해진다

지금같은 위기상황은 정부와 언론의 투명한 소통, 이를 위한 '건전한 긴장관계'가 얼마나 중요한지 잘 보여준다. 언론이 정부를 향해 더 이상 경고음을 울리지 않을 때, 위기는 재앙으로 발전하기 때문이다. 정부-언론 관계에 대해 학자들은 크게 3단계로 나눠 설명한다.

- 권위주의 시절 : 언론이 정부의 통제를 받으면서 유착된 '유착적 통제' 단계
- 문민화 이후 : 언론과 정부가 대립하면서 내적으로 유착하는 '대립적 유착' 단계
- 참여정부 시절 : '건전한 긴장관계'

참여정부는 정부와 언론의 긴장관계를 통해 업무의 질을 높이고, 국민의 알권리를 보장하려고 했다. 언론의 비판기능을 통해 위기에 사전적으로 대비하려고 했다. 언론의 융단폭격이 무서워서라도 정부의 모든 부처는 어떤 일이든 완벽하게 처리하려했다. 그러나 MB정부에는 친위적 보수언론이 있다. 참여정부와 비교해 큰 복(福)이라고 생각할 수 있지만, 오히려 친위적 보수언론 때문에 MB정부의 위기가 심화되고 있다. 보수언론이 위기경보기능을 소홀히 함으로써 정부의 업무 질이 떨어지고, 결과

적으로 정부의 무능력을 야기하기 때문이다. 정부–언론의 유착이 무능(無能)을 야기한 셈이다.

위기관리에서 보여준 MB정부의 무능력은 매우 심각한 수준이다. 2011년 초, 초동대처 실패로 구제역이 전국으로 확산됨으로써 애꿎은 가축 300만 마리가 살처분됐다. 앞서 2010년 말, 연평도 포격사태도 우왕좌왕하느라 초동 대응에 실패했다. 경제를 살리겠다며 '747' 애드벌룬을 높이 띄웠던 MB정부의 경제적 무능력은 더욱 심각하다. 김대중, 노무현 대통령 재임 10년 동안 연평균 경제성장은 4.6%, 인플레이션은 3.2%였다. 그런데 MB정부 3년동안 경제성장률은 2.8%로 낮아졌고, 인플레이션은 3.5%로 높아졌다. 공수표로 밝혀진 일자리 공약도 반드시 짚어야 한다. MB정부 들어 대졸 실업자는 2008년 26만8000명에서 지난해 34만6000명으로, 29.1% 증가했다. 이처럼 무능력이 넘쳐나는데도 이를 따끔하게 지적할 보수언론이 없다는 점, 그리고 이를 행운으로 여기는 것이 MB정부의 가장 큰 오판이다.

종편은 MB의 독배(毒杯)

이런 와중에 MB정부는 조중동매에 종편채널을 선물했다. 여전히 사회적 투명성이 확보되지 않은 상황에서 보수언론이 종편까지 장악하면 의견의 다양성은 현격히 악화될 것이다. 또 보수언론과 보수정치 그리고 시장권력 사이의 '철의 삼각동맹(iron triangle)'이 더욱 강고해질 것이다. 보수정치는 보수언론 종편을 발판으로 방송분야의 보수적 헤게모니를 강화할 것이다. 시장권력은 이해관계를 공유하는 보수언론 종편이 자신들에게 우호적인 담론환경을 만들어 줄 것을 기대하고 있다. 한편 광고시장의 경쟁이 더욱 치열해져 방송의 자본 종속현상이 심화될 것이다. 결국 이번 종편 선정은 MB정부의 정치적 이해관계를 넘어 한국의 보수정치세력, 보수언론, 그리고 시장권력이 자신들의 천년왕국을 건설하기 위해 만든 합작품이라고 할 수 있다.

그러나 이번 종편 선정은 MB에게 독배(毒杯)가 될 수 있다. 뷰스앤뉴스 편집장은 한 칼럼에 어느 종편 신문사 간부로부터 들은 이야기를 다음과 같이 소개했다.

"MB는 레임덕이 전직 대통령들보다 빨리 올 것이다. 왜 그러냐고? 종편 방송이 오는 9~10월 시작된다. 묘하게도 내년 4월 총선 6개월 전이다. 방송을 시작하면 가장 중요한 게 뭐냐? 시청률을 끌어올리는 거 아니겠나? MB를 비판해야 시청률이 높아지지 않겠나. 이렇듯 종편방송이 MB를 질타하면 공중파 등 기존매체들도 같은 경쟁에 나설 거고, 그러다 보면 MB 레임덕은 앞당겨질 수밖에 없을 것이다."

종편을 따낸 보수언론들은 더 이상 효용가치가 없으면 언제든지 MB를 버릴 수 있다. 그리고 새로운 보수 정치인을 선택하면

된다. 이번 종편 선정이 MB에게 독배인 이유가 여기에 있다. 그러나 칼자루를 뺏긴 MB에겐 마지막 카드가 있다. 바로 '종편 특혜'라는 카드다. 보수언론들은 종편에 선정됐지만, 여전히 생존을 확신할 수 없는 상황에서 MB에게 일정정도 매달릴 수 밖에 없다. 이런 맥락에서 MB가 보수언론을 상대로 종편 특혜 카드와 개헌을 교환하려 한다는 소문과 우려가 나오고 있다. 이는 MB로선 충분히 현실성있는 시나리오다. 만약 이 거래만 성사된다면, 한나라당 장기집권과 보수언론 종편의 생존이 보장된다. MB도 레임덕을 피할 수 있다.

문제는 MB와 보수언론 간의 신뢰가 그다지 돈독하지 못하다는 점이다. 언제 상대방이 배신할지 모른다는 불신이 이러한 '부당거래'의 최대 장애물이다. 이와 함께 보수언론측이 MB에게 매달려봤자 별로 남는게 없다고 판단할 수 있다. 그렇다면 MB로서는 보수언론측에 아예 거래를 붙일 가능성조차 없어지는 것이다. 어느 언론사 편집국장은 "보수언론들은 오히려 박근혜와 거래하려고 할 수 있다"고 말했다. 그러나 MB가 더 걱정해야 할 지점은 역사의 평가다. 만약 이 '더러운 거래'가 시도된다면, MB는 '보수세력의 천년왕국'을 음모한 영원한 역사의 죄인으로 기록될 것이다. 마지막으로 다시 충고한다. 혹시나 더러운 거래를 하려 한다면 이제 시민들이 용납치 않을 것이다.

보수 언론을 믿지 마라. 그들은 절대 MB 당신의 정치적 미래를 보장해주지 않는다. 과거의 행태를 봐라. 보수 언론은 언제든 지 '선수 바꿔치'를 통해 그들만의 왕국을 영속화하려 한다. 인정하기 싫겠지만 MB 당신은 그들의 꼭두각시일 뿐이다.

　MB는 종편 특혜와 개헌 간의 부당거래가 자신이 살 길인지, 아니면 죽을 길인지 진지하게 자문해 보길 바란다. 아직 늦지 않았다. 지금이라도 종편을 취소하고, 보수 언론과 분명히 갈라서라. 이 길이 그나마 역사에서 살아남는 길이다.

(2011. 2. 7)

MB를 '종편 청문회'에 세우자

예상대로 MB정부는 시간을 끌다 2010년 말, 조중동매연(조선, 중앙, 동아, 매일경제신문, 연합뉴스)에 종편 및 뉴스 채널을 선사했다. 정치적인 거래라는 건 구태여 설명할 필요도 없다. 모두 다 아는 사실이다. 2012년 보수진영의 정권 재창출을 위한 미디어재편이라 할 수 있다. 지금까지 보수언론과 한나라의 유착이 되돌릴 수 없을 정도로 확장되어 버렸다.

이제 한국의 민주주의, 진보 개혁은 더 이상 정치적으로 무의미할 지 모른다. 정말 위기이다.

그렇다면 이제 어떻게 할 것인가. 종편 선정과정이 반민주적이고 불투명했지만, 그것을 막지 못했다. 지식인들도 결국 조중동이 무서워 제대로 싸우지 못했다. 필자의 경험에 의하면, 진보학자들도 온갖 좋은 주장하다가도 결국 조중동의 문제에 부딪히면 꼬리를 내린다. 오히려 "왜 조중동과 싸워 손해보냐"고 충고

한다. 그곳에 글 한번 쓰는 것을 무슨 영광으로 안다. 이제 어찌 하겠는가. 향후 대응책을 찾아야 한다. 그러기 위해 향후 전개양 상을 전망, 분석해보자. 이미 다 나와있는 얘기다. 그 내용을 간 단히 정리하고 넘어가자.

광고비 총액은 증가하지만, TV와 신문은 줄어들어

무력한 분석이기는 하지만 비판적 시민들은 '의도하지 않은 결과'에 기대를 건다.

광고시장이 줄어들고 있는 마당에 종편 등 5개 채널의 선정은 이들 언론의 종말을 재촉할 거라는 추측이다. 필자도 기자들로 부터 비슷한 얘기를 많이 들었다. '종편 안가면 빨리 망하고, 종 편 가면 늦게 망한다', 혹은 '이래저래 망하는 거, 종편이라도 가자', '오히려 종편 때문에 빨리 망하는 게 아니냐' 등등의 얘 기를 거리낌없이 하는 것을 들었다. 그러나 과연 그럴까? 지금 까지 이미 여러 언론과 분석을 통해 대부분 알려졌지만, 몇가지 통계를 정리해보자.

1) 전체 광고비용은 약 8조원이고 제작비까지 포함하면 약 9조 7000억원 가량이고, 연간 4000억~5000억 정도 증가한다.
2) 이중 TV와 라디오 등 전파매체는 다소 증가하거나, 정체하

고 있으며, 신문과 잡지는 현저히 줄어들고 있다.

3) 반면 케이블(연간 1000억원 증가)과 인터넷이 증가하고 있으며, 특히 인터넷의 경우 최근 2년간 매년 3000억원 정도 증가하고 있다.

이런 구조 속에서 조중동매연의 종편 및 뉴스채널은 광고시장이 혁명적으로 확장돼야 생존 가능하다. 구조적으로 기존의 틀 속에서 이들 매체가 모두 먹고살려면 TV광고만 최소한 연간 1조원(최소한 매체별 2000억원) 정도 증가해야 한다. 하지만 증가하는 광고는 인터넷뿐이고, TV의 광고 감소경향을 반전시킬 수 없다. 그래서 흔히 이런 상황이라면 오히려 종편을 여럿 선정하는 것 자체가 '자폭'하는 결과를 가져온다고 예측할 수 있다. 이러한 사정은 미국도 예외가 아니다. 이런 상황이라면 앞으로 종편 4개사 모두 살아남기 불가능하다고 봐야 할 것이다. 그래서 조중동매연은 광고시장을 확충하기 위한 특혜를 정부에 요구하고 있다. 그 요구라는 것이 결국 광고시장을 늘리거나 기존의 물량을 새로 선정된 종편으로 돌리는 것이다. 이를 정리하면 이렇다.

1) 우선 황금채널을 부여하고 물, 약광고 등 특정 광고를 의무적으로 배당하는 지원방안을 요구한다.

2) KBS의 수신료를 올려주는 대신 광고를 금지함으로써

KBS물량을 나눠 줄 것을 요구한다.

3) 개별 방송사들의 직접 광고영업을 허용해 달라고 요구한다.

이는 밥먹여 주니까 보따리 내놓으라 떼쓰는 꼴이다. 특혜를 요구하는 근거는 선정된 사업자가 너무 많다는 것이다. 또 신규 사업자 안착을 위한 대책을 내놓아야 한다는 것이다. 참으로 어처구니없는 일이다. 사업성이 없으면 안하면 되는 거 아니가. 사업신청할 때 공적 의무를 다하겠다 다짐해놓고, 사익을 위해 특혜를 요구하는 것은 언론으로서 낯뜨거운 일이다. 설사 이들의 요구대로 특혜를 준다해도 조중동매의 종편 가운데 반 정도는 살아남을 수 있을지 모르나 모두가 살아남기는 어려울 것이다. 그래서 이들로서는 특혜가 절박하다. 이런 절박성은 다음 대선 등에서 권력과 언론간 정치적 거래, 즉 권언유착의 토대가 될 것이다.

이와 함께 언론의 재벌·대기업에 대한 종속이 더욱 심화될 것이다. 만약 광고물량이 한정된 가운데 4개 종편사의 직접광고 영업 등이 허용돼 한정된 광고 수주를 위한 친재벌적 보도 및 선정적 보도 등이 횡행할 경우 언론사들의 (주로 재벌대기업들의) 광고 종속 효과가 훨씬 커질 가능성이 높다. 이처럼 언론이 권력과 유착하고, 자본에 종속될 경우 어떤 결과가 초래될지는 더 이상 말할 필요도 없다. 결국 국민의 알권리가 제한되고, 정보의 투명성이 사라진다.

얼마 전, 국방부 자료에 독도가 빠졌다. 과거 노무현정부였다면 '독도 팔아먹었다'고 보수언론이 난리를 쳤을 것이다. 그러나 어찌된 일인지 보수언론은 변명해주기 바빴다. 그 결과는 어떻게 될 것인가. 결국 독도가 사라지게 될 것이다. 독도를 기록하는데 서로 봐주고 빼먹기 시작하면 독도를 지킬 수 있겠는가. 이런 식의 권언유착 심화는 독도를 사라지게 하는 결과를 가져올 것이다.

조중동에 맞설 권력으로 교체하자

새로 선정된 종편 매체가 아직 예산지원을 요구하지는 않고 있다. 그러나 앞으로 그럴 가능성이 매우 높다. 방식은 다양하다. 공익방송 등의 예산을 늘려 이들의 광고물량을 확대할 수 있다. 또 제작비를 지원하는 후원형태를 취할 수 있다. 혹은 권력이 요구하는 특정 정책프로를 제작, 방영할 수 있다.

이미 이런 방식의 지원은 연합뉴스에 제공되고 있다. 중앙정부 각 부처가 연합의 뉴스를 실시간 볼 수 있는 모니터를 설치하고, 연간 약 300억이 넘는 예산을 지원해주고 있다. 참여정부 시절 조사한 바에 따르면, 각 부처가 가장 먼저 삭감해야 할 예산으로 연합뉴스의 모니터를 꼽았다. 인터넷으로 실시간 모든 정보를 접할 수 있는데, 보지도 않는 낡은 모니터를 고위직 공무원의 책상 위에 놓고 연간 300억을 챙겨가는게 도대체 말이 되지 않는다는 거다. 이처럼 연합뉴스에 연간 300억을 지원하는데, 다른 종편에 대한 지원도 얼마든지 가능하다. 예컨대 영상산업 지원 등을 빌미로 제작인력 인건비를 주면 청년실업을 해소할 수 있다고 설레발을 칠 것이다. 특히 갑과 을이 바뀐 상황에서 정부도 어쩔 도리가 없다. 보수언론은 종편 선정 전까지 을이었지만, 이젠 칼자루를 쥔 갑의 위치에 올라섰다. 그리고 보수세력들은 정권 재창출을 위해 내년에도 날치기 예산통과를 해야 한다면, 보수언론들의 전폭적인 지원은 필수불가결하다. 우리는 이런 절박한 순간에 와 있다. 백낙청 선생님의 말씀처럼 이런 식이라면 앞으로 20년간 보수정권이 '그대로 쭉-'갈 것이다. 물론 2012년 정권교체가 중요하다. 정권교체 등을 통해 특혜조치들을 철회할 수 있다면, 조중동매의 동반 몰락을 앞당길 수 있다. 그러나 단순한 정권교체는 안된다. 종편들의 부당한 특혜 요구를 되돌릴 수 있는 정권으로의 교체가 이뤄져야 한다. 필자가 국정홍보처장 시절, 대통령의 처절한 노력에도 불구하고 뒤로 언론과 거래하는 당시 여권 정치인을 수없이 봐왔다. 심지어 보수언론의 눈치를 보며 노무현 대통령이 잘못했으니 사과해야 한다고 공개적으로 얘기한 사람도 있다. 이런 인물이 득세하는 정권으로 교체된다면, 그것이 의미있는 교체가 될 수 있을까. 어렵게 싸워 정권 교체를 했는데, 보수언론과 야합해버린다면 우린 그때 또다시 후회해야 할 것이다.

현시기 정치적으로 가장 중요한 영역은 미디어다. 참여정부가 보수언론과 생사를 건 싸움을 한 것도 오늘날 한국사회의 거악의 뿌리가 보수언론이라고 봤기 때문이다. 이제부터 "조중동매 종편의 폭스TV화, 또는 나라 전체가 베를루스코니의 이탈리아처럼 되는 일을 막기 위한 전 국민적 운동"이 필요하다. 이는 현재 한국의 민주주의가 살아남기 위한 필수조건이다. 같은 이유로 2012년 총선과 대선은 그 무엇보다 중요하다. 따라서 2012년 수권을 희망하는 정치세력들은 종편의 특혜를 막고, MB를 청문회에 세울 다짐을 해야 한다. 언론개혁운동도 이제 MB청문회 소환운동에서부터 다시 시작해야 한다.

그래서 제안한다. 종편선정의혹과 관련한 MB청문회를 위한 운동을 지금부터 시작하자. 그리고 그것에 동의하는 후보를 찍자.

(2011. 1. 4)

진보진영은 조중동 종편을
저지할 의지가 있나

아마 대부분의 사람들은 당연히 이렇게 믿고 있을 겁니다. '진보개혁세력은 조중동 종편을 저지하는데 동의하고, 그 현실적 방법을 생각하고 있을 것이라고.' 그러나 과연 그럴까요? 결론적으로 말씀드리면 저는 진보진영이 조중동 종편을 저지할 생각도 전략도 없다고 보고 있습니다. 사실 어느 누구도 과거 한미 FTA를 저지할 때만큼 치열하게 반대하지 않고 있습니다. 몇몇 언론운동가들 중심으로 반대캠페인을 하고 있지만 그것으로 종편을 저지할 수 있다고 생각하는 사람들은 없을 것입니다.

이미 정치권도 종편을 적극적으로 막지 않았습니다. 그리고 공은 시민사회단체로 넘어왔습니다. 하지만 이들 역시 어떤 대안도 내놓지 못한 상태입니다. 오로지 기대는 것은 '의도하지 않은 결과'입니다. 이명박정부가 종편을 너무 많이 허가해줌으로써 시장이 스스로 종편을 무너뜨릴 것이라는 겁니다. 진보개혁세력의 주체적 대응보다 시장이 해결해줄 거라는 매우 낙관적 대응만이 난무합니다. 그리고 정치인들, 특히 대선 후보를 자처하는 사람들 사이에서 '조중동 종편 반대' 라는 말을 눈 씻고 찾아볼 수도 없게 됐습니다. 그리고 지식인사회도 조중동 종편 반대는 사실상 물 건너갔다는 말을 공공연히 하고 있습니다. 그런데도 너무 당연한 종편 저지에 의문을 제기하는 제가 잘못된 것일까요?

최근 보수논객들이 주목할 만한 논의를 펼치고 있습니다. 2012년 총선에서 야권이 이기면 BBK와 4대강 청문회로 한나라당이 속된 말로 'X박살난다' 는 우려입니다. 김대중 조선일보 고문이 내년 총선에서 지면 보수세력이 몰락한다는 위기감을 고취시키고 있습니다. 한나라당 의원들도 연찬회를 통해 이런 우려를 공개적으로 드러냈습니다. 하지만 반MB, 반조선 보수를 자처하는 이상돈 중앙대 교수는 자신의 블로그에서 '여소야대가 되면 두려워해야 할 세력은 MB세력 뿐' 이라며 우려를 한나라당 지지자 전체로 확대하는 것을 경계했습니다.

보수의 아킬레스건, 조중동 종편

여소야대 현실화 우려와 관련해 이 교수는 "문제는 물론 지금 집권세력과 한나라당 주류가 '여소야대' 정국에서 살아날 수 없

다는 데 있다"며 "한나라당이 당황해 하는 이유는 그들이 저질
러 놓은 일, 밝혀져서는 안 되는 일이 너무나 많아서 '여소야대'
로 인해 그런 것들이 백일하에 드러날 것이 두렵기 때문"이라고
단언했습니다. 주목해야 할 것은 이들 모두 조중동 종편에 대해
선 어떤 우려도 내놓고 있지 않다는 점입니다. 이들은 이미 비록
여소야대가 되더라도 야당이 결코 조중동 종편을 취소하는 일에
가담하지 않을 것임을 너무 잘 알고 있기 때문입니다. 최소한 지
금의 정치세력들 중 누가 다수당이 된다 하더라도 종편문제를
건드리지 못할 것이라는 확신을 갖고 있습니다.

조중동 종편을 외면하는 것과 이상돈 교수의 분석 사이에는
묘하게 일맥상통하는 '의식하지 못한' 숨은 의도가 엿보입니다.
'모든 것이 MB탓'으로 보수 세력 전체가 청산의 대상이 되는
것을 피하자는 의도가 숨어있다면 저의 과민 탓일까요?

이상돈 교수의 논리에도 교묘한 트릭이 숨어있다고 봅니다.
그는 MB의 책임을 강조하면서도 결정적으로 중요한 종편을 외
면하고 있습니다. 만약 여기에 종편을 포함시키면 청산의 영역
은 MB에게만 국한되지 않습니다. 조중동을 포함한 보수세력 전
체로 청산의 영역이 확장될 수 밖에 없습니다.

종편을 외면한 MB책임론은 보수세력의 정권 재창출에는 매
우 편리한 구도를 제공할 것입니다. 아마 내년 총선은 MB심판
이라기보다 미래권력 선택을 위한 선거가 될 가능성이 많습니

다. 이때 보수세력은 희생양을 만들어 그 책임을 회피하려 할 것입니다. 심지어 MB심판의 칼자루를 한나라당의 새로운 대안에게 주어 줌으로써 그를 개혁적 인물처럼 위장, 차별화할지 모릅니다.

조중동 종편에 대한 진보개혁세력의 무관심과 무기력은 이런 보수세력의 숨은 의도가 실현되도록 도와줄 것입니다. MB는 보수언론을 비롯한 보수세력의 일회용 아바타일 뿐입니다. 꼬리 자르기 식으로 MB만 잘라버리면 보수세력 재집권에 장애물이 제거되는 것입니다. 조중동 종편은 바로 보수세력 전체와 관련되는 사안입니다. 조중동 종편은 MB의 정치적 요구에 따른 것이기도 하지만, 근본적으로는 보수세력의 오랜 요구였습니다. 공영방송과 인터넷의 성장은 재벌을 비롯한 개발주의세력, 권위주의세력 등의 이익을 위협했고, 자신들의 이익을 대변할 '강력한(?)' 미디어의 필요성을 절감케 했습니다.

문제는 이미 조중동의 영향력이 서서히 감소로 그 역할을 하기 어렵게 되었다는 점입니다. 광고수입이 현격히 줄어들기 시작한 것은 물론입니다. 신문시장의 80%이상이 조중동에 의해 점령되고 있지만, 신문 영향력이 현격하게 감소함으로써 조중동의 영향력도 급격히 떨어지기 시작했습니다. 이런 위기(?) 상황에서 보수세력이 선택한 것이 다름아닌 종편입니다. 보수언론을 중심으로 개발주의세력, 금융신자유주의세력, 권위주의 정치세력 등이 자신들의 이익을 방어하기 위한 기제를 찾고자 한 것입니다.

진보의 핵심 아젠더

이제 MB에게 책임을 물린다고 해서 진보가 구현되는 것은 아닙니다. 우리 사회는 보수중심 사회에서 진보중심 사회로 전환해야 할 시대적 요청에 직면하고 있습니다. 단순화하면 개발에서 환경으로, 성장에서 복지로, 경쟁에서 공동체로, 통치에서 참여로 전환해야 할 요구를 진보개혁세력이 부여받고 있습니다. 이는 '거대한 사회적 전환'을 의미합니다. 단순히 MB 하나의 문제가 아니라 우리 사회 전체를 진보적으로 전환하는 것을 의미합니다.

과거 보수언론과 법조, 토건, 금융, 그리고 권위주의 정치인 등의 세력연대에 의해 통치되던 우리 사회가 새로운 공동체정신으로 무장한 세력들의 참여로 전환하는 것, 곧 민주주의의 새로운 시작이라 할 수 있습니다.

이런 전환의 중심에 종편이 있습니다. 종편은 다름 아닌 과거 구조의 지속성을 확보하기 위한 보수적 수단의 하나라 할 수 있습니다. 이런 점에서 내년 총선 이후 종편을 청문회 대상으로 삼아야 하는 것은 물론입니다. 종편을 외면한 정권교체는 의미없는 일이 될 것입니다. 정권 교체가 가능하지도 않고, 설령 된다 하더라도 의미있는 집권이 불가능할 것이기 때문입니다.

문제는 내년 총선 이후 종편을 청문회 대상으로 삼는 것이 결코 쉬운 일이 아니라는 점입니다. 현재 정당을 중심으로 비록 여대야소가 된다하더라도 종편을 과연 청문회에 세울 수 있을까요? 따라서 중요한 것은 여소야대가 아니라 의미있는 세력의 정치적 진출이어야 할 것입니다. 내년 총선은 MB책임론에 안주하지 않고, 한국사회를 진보적으로 재구성하는데 기여할 수 있는 의미있는 정치세력을 형성하는 것이 관건이 될 것입니다.

최근 야권연대가 논의되고 있습니다. 그러나 그 연대가 단순히 다수당이 되기 위한 것이라면 '야합'을 넘어설 수 없을 것입니다. 결국 새로운 정치세력의 참여, 이를 통한 정당 개혁이 수반되지 않는다면 의미있는 연대가 이뤄지지 않을 것입니다. 새로운 참여와 세력 형성, 이를 통한 개혁없는 연대는 허구입니다. 연대와 개혁은 동의어입니다.

(2011. 5. 9)

왜 언론정치소비자 운동인가

옛날 광고 중에 이런 카피가 있다. "침대는 과학입니다."

침대가 단순한 가구에 그치는 것이 아니라 인체과학적 연구의 산물이라는 점을 강조하기 위한 것이었다. 워낙 '과학'이라는 메시지가 강하다 보니 학생들 답안지에도 침대를 '가구'로 분류하지 않고 '과학'이라는 답을 쓰는 해프닝이 벌어지기도 했다. 이를 패러디해 오늘날 미디어를 규정한다면 이렇게 쓸 수 있을 것이다. "미디어는 정치다"고….

통상 미디어를 언론학이나 사회학에서 다룬다. 사회변동이나 미디어 시장의 내부의 문제로 접근하는 것이다. 물론 미디어가 미디어 시장 내부의 논리로도 분석되어야 하고 사회변동의 측면에서도 분석되어야 하는 것은 맞다. 그러나 놓치고 있는 것이 있다. 지금까지 경험에 비춰보면 미디어는 정치를 전달해주는 유통업자에 머물지 않고 직접 정치적 행위자로 자리잡고 있다. 민주화 이후 몇차례 대통령 선거에서 이를 보여줬고, 최근 보수언론이 한나라당의 주요한 정책결정에 어떤 영향을 미치는지 경험하고 있다.

지금까지 언론개혁운동도 이런 문제의식에서 출발하고 있다. 그러나 여전히 언론 시장 내부에서의 개혁에 머물고 있고 그것이 갖는 정치적 의미를 제대로 드러내지 못하고 있다. 종편이 살아남기 위해 앞으로 보수정권의 창출을 위해 더 많은 정치적 행위를 하게 될 것이다.

이제 두 눈을 부릅뜨고 이들의 정치적 행위를 감시해야 할 것이다. 사실을 왜곡하고 의제를 편향적으로 이끌어갈 때 이들을 감시하는 것은 물론, 이들의 정치적 행위가 무엇을 의도하고 어떻게 왜곡되었는지 적나라하게 인식하는 노력이 필요하다. 따라서 한국 사회에서 미디어의 정치적 함의를 더욱 강조해 이해할 필요가 있다. '미디어=정치'라는 인식을 각인할 필요가 있다.

아울러 조중동 종편을 막아내기 위해서라도 '미디어=정치'라는 인식을 새롭게 강조할 필요가 있다. 정치가 시장의 틀을 짜놓고 난 이후 그것을 언론시장 안에서 교정하려 할지라도 원천적으로 그것을 막아내기 어렵다. 기껏해야 "종편이 스스로 망할 거야"와 같이 시장 내부의 갈등에 의해 스스로 붕괴되기를 기다리는 것은 모든 책임자에게 면죄부를 주는 것이다.

원칙대로 말하면 국회에서 야당들이 막아냈어야 하고 방송위원회 야당 추천위원들이 온 몸으로 막아냈어야 했다. 그러나 지금의 결과로 보면 이들이 과연 막아내려는 의사가 있었는지 의심스럽다. 언론시민운동 하시는 분들도 계시다. 그러나 솔직히 이들도 조중동 종편을 어떻게 저지해야 할지 마땅한 수단이 없다. 액션 플랜도 마땅치 않으며 참여할 대중도 확보되어 있는 것도 아니다.

한나라당과 조중동 종편의 보수 야합만 탓할 일이 아니다. 그것을 막아내야 하는 좋은 야당을 만드는 것도 중요하다. 조중동 종편에 총대를 맨 한나라당 의원은 물론 그것을 막아내지 못한 야당에 대해 책임을 물어야 한다. 그래서 2012년 총선과 대선이 중요하다. 우리가 열심히 선거운동을 해 국회의원과 대통령을 뽑았는데 그들이 종편 특혜를 용인한다면 그때 우리는 또다시 후회하고 말 것인가. 종편은 한국 민주주의 생존의 핵심적 문제이다. 그래서 그 해결 또한 단순히 미디어 시장 내부의 문제로, 아니면 추상적인 사회변동의 문제에만 국한시킬 수 없다. 오히려 그것이 정치적으로만 해결될 수 있다는 것이 본질적 인식이다.

다음 선거는 야당이 이기는 것이 중요한 것이 아니다. 어떤 세력에 의해 어떻게 이기느냐가 중요하다. 선거에서 이기고 나서 투항해버리면 우리가 왜 이겨야 하는가. 다음선거에서 종편 문제가 시금석이 되는 이유가 여기에 있다. 조중동 종편 반대운동이 언론시장 내부의 문제가 아니라 정치적 이슈화가 필요하다. 그래서 다음 대선 야권 단일후보는 종편 저지를 자신의 목표로 삼아야 한다. 종편 저지를 공약하는 후보를 대통령으로 만들어야 한다. 물론 그것을 정치인 개인의 결단에 의지해 이뤄질 수는 없다.

언론소비자(혹은 시민)들의 조직화된 힘 없이는 어렵다. 언론 문제를 인식한 정치소비자들의 조직화된 힘을 통해 2012년 선거를 승리하는 것은 물론, 이들의 공격으로부터 우리 정치 지도자를 보호할 수 있다. 언론의 심각성을 인식한 정치소비자들의 조직화된 힘을 갖추지 않으면 우리는 또다시 우리의 지도자를 부엉이 바위 위에서 잃어야 하는 비극을 맞아야 할 것이다.

(2011. 3. 8)

종편을 어찌하오리까

 2011년 10월 서울시장 보궐선거가 한창일 때, 언론비평지 〈미
디어오늘〉에 흥미로운 기사가 실렸다. 이 기사에 따르면,
KBS · MBC · SBS 지상파방송 3사가 박원순 후보에 대한 한나
라당의 네거티브 공세는 적극 보도하면서 나경원 한나라당 후보
에 대한 의혹은 외면하고 있다. 또, "조선 · 중앙 · 동아일보 등
보수신문들 역시 박 후보에게 불리하도록 지면을 편집하는 등
편파보도가 심각한 것으로 나타났다"고 보도했다. 이지혜 민주
언론시민연합 모니터부장은 2011년 10월 20일, 전국언론노동조
합과 공동 주최한 '긴급점검-서울시장 선거 방송보도' 토론회
에서 방송 3사와 보수 언론의 보도가 매우 편파적이라며 다음과
같은 통계를 내놓았다.

	MBC	KBS	SBS	조선	중앙	동아
나경원(한) 의혹 건수	5	8	4	5	4	1
박원순(무) 의혹 선수	10	12	9	13	21	21

편파적인, 너무나 편파적인

매체별 차이는 있지만, 문자 그대로 박원순후보 대해 거의 융단폭격을 가한 것이다.

잘 알려졌다시피 방송3사와 보수언론은 박원순후보 대해 학력, 병력 문제를 가족이력까지 들춰내 의혹을 제기했고, 그가 주도하거나 참가한 시민단체들의 자금 사용까지 문제삼았다.

몇몇 국회의원들의 면책특권을 이용한 무차별한 의혹제기를 그대로 옮겨 편파보도를 일삼았다.

이런 파상적인 네거티브 덕분으로 선거 약 10일 전 월등히 앞서나가던 박원순 후보는 나경원 후보와 박빙을 이루거나 추월당하기 시작했다. 그러나 그렇게 되지 않았다. 다름 아닌 〈나꼼수〉의 반격과 이를 퍼나른 SNS가 있었기 때문이다. 주진우 기자의 '내곡동 MB사저' 폭로, 정봉주 전 의원이 폭로한 '나경원후보의 1억원 피부마시지샵 출입'과 '아버지 학교에 대한 감사제외 청탁' 등이 SNS를 통해 급속히 전파되면서 방송과 보수언론의 영향력을 제한했다.

오래전 얘기도 아니다. 정청래 전 의원은 지난 2008년 총선 선거기간, '어느 학교 교감에게 막말을 했다'는 조선일보와 문화일보 기사 한방으로 선거에서 날아갔다. 이 보도를 통해 정 전 의원은 '막말하는 인물'으로 낙인찍히면서 선거에서 고배를 마셨다. 이후 정 전의원은 고소를 했고, 법원은 보도가 허위였다는 점을 확인하고, 이들 신문사들에게 반론보도문 게재와 피해배상을 판결했다.

보수언론의 입장에서는 반론보도와 약간의 배상으로 4년 내내 자신들을 괴롭힌 국회의원 한 명을 낙선시켜, 최소비용으로 최대효과를 얻었다고 할 수 있다. 또 정치인들에게 언론의 힘이 얼마나 대단한지 본때를 보여줬다고 할 수 있다.

다행히 이번 서울시장 보궐선거에서 정 전의원과 같은 억울한 일이 다시 반복되지는 않았다. 그러나 이는 서울시장 보궐선거라는 특수성때문이었고, 만약 관심이 전국적으로 분산된 총선에서 한두명의 희생자가 나올 가능성은 배제할 수 없을 것이다.

이재경 이화여대 교수는 2005년 한 논문에서 한국언론의 가장 심각한 문제가 '정파성'이라고 말했다. '정파성=정치적 편향성'이 두드러지기 시작한 것은 민주화 이후였다. 권위주의정권이 물러난 뒤 확장된 시민적, 민주적 공간을 언론이 과점하면서 언론은 무소불위의 권력이 됐다. 특히 시장권력과 결탁한 보수언론은 1%의 기득권 카르텔를 보호하는 역할을 수행한다. 이들에 저항하는 어떤 정치사회세력도 살아남지 못했다. 김대중, 노무현으로 이어지는 지난 민주정부 10년 동안 보수언론의 정부비판은 정파적 수준을 넘어 거의 적대적이었다 해도 과언이 아니었다.

그러나 '이성의 간지'가 작동한 것일까. 보수언론의 편향성은 거꾸로 언론 개혁에 대한 요구를 불러왔고, 신문의 구독율과 열독률, 신뢰도 하락을 부채질했다. 대신 인터넷매체의 열독률과 신뢰도가 크게 높아졌다.

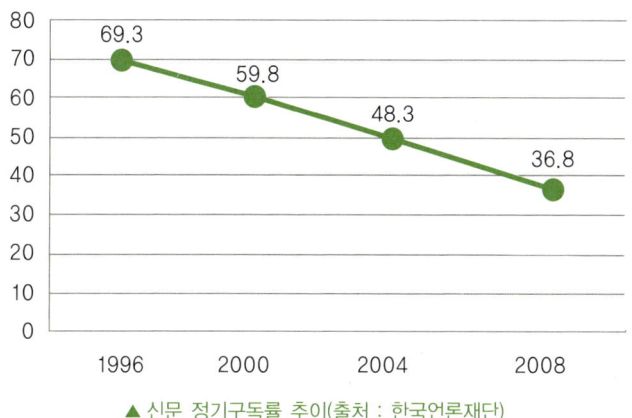

▲ 신문 정기구독률 추이(출처 : 한국언론재단)

보수언론이 종편에 집착하는 것은 경영상의 이유도 있지만, 본질적으로는 이같은 신뢰도의 하락과 무관치 않다. 보수언론은 발행부수에서 여전히 50%에 이르는 시장지배력을 가지고 있지만, 신뢰도는 급전직하하고 있다. 종편은 이같은 보수언론의 위기에 대한 나름의 대응일 수 있다. 편파보도로 갈수록 신뢰를 잃어가고 있지만, 보수언론은 내년 총선과 대선에서도 편파보도를 일삼을 것이다. 또 선거 이전에 종편에 대한 제도적 틀을 완성하려고 할 것이다. 우선 민영미디어랩을 통해 독자 광고영업을 추진할 뿐 아니라 정부를 압박해 각종 지원을 이끌어낼 것이라는 예측은 이미 구체화되고 있다. 이렇게 정부와 보수언론의 야합으로 탄생한 종편은 내년 선거에서 그 괴력을 드러낼 것이다. 이번 서울시장 선거에서 봤던 극렬 편파보도의 칼날이 야권 후보를 정조준할 것이다. 이런 시나리오는 이미 오래전에 예상된 것이다. 그럼에도 야권은 종편반대라는 원론만 있을 뿐 구체적인 각론이 없다. 기껏 정권 교체 후 'MB를 종편청문회에 세우자'는 게 고작이다. 그러나 종편이 장악한 선거에서 과연 야권후보가 승리할 수 있을지조차 불투명한 상황에서 과연 '정권교체 후'라는 가정이 얼마나 설득력이 있을까.

노무현과 언론, "끝까지 원칙대로"

가끔 사람들로부터 "왜 노무현정부가 세무조사나 검찰조사를 통해 보수언론을 길들이지 않았는가"라는 과격한 질문을 받는다. 그러나 이런 질문은 노무현정부에 대한 오해에서 비롯된 것이다. 노무현정부는 불법적 수단이나 권력을 통해 언론을 탄압하거나 불이익을 줄 생각이 없었다. 원칙적으로 옳지 않을 뿐만 아니라 가능하지도 않다. 물론 정상적이고 합법적 절차에 따라 정부가 조사할 수 있고 또 그런 조사를 피한 적이 없다. 단 정치적 이유로 특정 언론을 조사하거나 압력을 가한다는 것은 노무현의 원칙에 부합하지 않는다.

필자에게 가장 아픈 비판은 노무현정부가 오히려 조중동을 키워줬다는 주장이다. 이러한 비판은 담론헤게모니를 통해 조중동을 압도하지 못하고, 이들과의 대결구도에 집착함으로써 오히려 보수언론의 정치적 영향력을 키워줬다는 것이다. 어느 존경받는 진보학자도 '담론의 헤게모니'의 관점에서 '언론개혁의 실패', 나아가 '노무현정부의 실패'를 주장했다.

그러나 이는 정확한 지적이 아니다. 노무현정부와 대결구도를 형성함으로써 영향력을 키운 것은 보수언론의 주도 하에 이뤄졌으며, 노무현정부는 여기에 최소한의 대응을 했던 뿐이다. 결과론적으로 보수언론의 영향력 확대라는 결과가 초래됐지만, 이를 노무현정부의 책임으로 돌리는 것은 합당하지 않다. 특히 기자실을 합동 브리핑센터로 전환하는 것에 대한 비판도 있다. 문재인 노무현재단 이사장이 『운명』이라는 책에서 말한 것처럼, 당시 대통령비서실장이었던 문재인 이사장을 비롯해 많은 분들이 임기말 기자실 개혁에 반대의견을 피력했다. 그러나 필자는 대통령의 생각이 옳았다고 생각한다. 무엇보다 기자실 개혁은 정당한 일이었기 때문이다. 투명한 정보공개를 통해 사회적 신뢰를 제고하는데 기자실 개혁은 꼭 필요한 일임을 언론도 잘 알고 있었다. 또 기자실 개혁이 언론탄압이라는 것은 말도 안된다는 것은 언론 스스로 잘 알고 있을 것이다.

심지어 최근 공개된 위키리크스의 주한 미대사관발 전문에 따르면, 당시 버시바우 주한 미국대사조차 "노무현정부가 임기말 추진한 정부부처 기자실 통폐합이 부당한 조치가 아니다"고 본국에 보고했다. 버시바우 대사는 전문에서 일련의 언론개혁조치와 관련해 "한국언론은 현재 정부 각 부처와 당국자들에 대한 놀라운 수준의 접근권을 누리고 있다"며 "따라서 정부 부처에 대한 기자들의 접근권에 제약을 가하는 것이 한국이 풍부하게 누리는 언론자유를 짓밟는 것이 아니라 미국 등 외국에서는 흔한 '경계(boundaries)'를 치려는 노력으로 봐야 한다"고 말했다.

이처럼 제3자의 눈에 지극히 자연스러운 일이었던 만큼 정부 내부에서도 기자실개혁의 정당성에 대해 의문을 제기하는 사람은 없었다. 문제는 결국 '타이밍'이었다. 노무현 대통령과 필자는 "정당한 것이라면 임기 말이라도 해야 한다"는 입장이었고, 일부 참모들은 임기 말에 굳이 언론 전체와 전쟁을 치를 필요가 있냐는 것이었다.

과연 그랬을까? 필자는 오히려 정당한 일을 회피하고 원칙을 지키지 않았다면, 참여정부는 조기에 붕괴했을 것이라고 생각한다. 임기 말이라고 회피한다면 결국 어느 때도 할 수 없었을 것이다. 노무현 대통령이 어슬프게 타협하거나 원칙을 지키지 않았다면 퇴임후 1년만에 벌어진 비극이 어쩌면 임기 중에 일어났을 수도 있다. 임기 말이 다가오자 장관들 중에 보수언론을 통해 노무현 대통령을 비판하기 시작했다. 당시 김성호 법무부장관의 동아일보 인터뷰가 대표적이다. 그리고 그는 MB정부의 국정원장이 되었다.

임기 마지막 해, 대통령과 자주 새벽에 통화했다. 국정홍보처 직원들을 고생시켜 미안하다는 요지의 말씀도 있었다. 언론에 보도된 내용을 여쭙는 질문들이 많았다. 여러 장관들의 대통령 비판 인터뷰가 화제가 되기도 했다. 불행하게도 당시 이런 인터뷰를 한 장관들은 모두 한나라당으로 갔다. 이런 인물들에 대해 말하면서 울림 좋은 목소리로 허허롭게 웃던 소리가 지금도 귓가를 맴돌고 있다.

오히려 기자실 개혁이 당위이고, 원칙적으로 옳은 일이라면 임기 말이라 해서 피하지 말자는 것이 당시의 판단이었고, 지켜야 할 원칙을 피하지 않은 것이 오히려 옳다는 소신에는 지금도 변함이 없다. 기자실 개혁에 정치적 고려가 개입하는 순간, 진정성은 사라지고, 결국 노무현 대통령의 진정성 전체를 의심받게 될 것이다. 그리고 이렇게 타협하지 않았기 때문에 비록 낮은 지지율에도 불구하고 참여정부는 레임덕없이 퇴임까지 갈 수 있었다.

그렇다면 참여정부 언론정책은 성공했는가? 수많은 사람들이 필자에게 이런 질문을 던진다. 이에 대한 필자의 대답은 '성공도 실패도 아닌 원칙을 지켰다' 였다. 물론 아쉬운 부분이 왜 없겠는가. 부족한 부분도 있고, 후회되는 부분도 있다. 일부의 지적처럼 언론과의 갈등구조에 매몰돼 담론적 우위를 점하지 못했다는 것도 부인할 수 없다. 그렇다고 실패라고 단정하는 것에 대해서는 동의하지 않는다. 원칙은 성공과 실패의 범주로 평가되거나 재단되지 않는다. 어려움에도 불구하고, 원칙을 지켰다는 사실만으로도 오히려 성공으로 평가받아야 한다고 생각한다. 언론과의 관계에서 끝까지 원칙을 지켰다는 사실은 언젠가 평가받을 것이라고 믿는다.

그렇다면 원칙이란 도대체 무엇인가. 그것은 '사실의 힘'이다. 협상과 타협도 사실을 기반으로 할 때, 가능하다. 노무현정부는 언론과의 관계에서 '사실'을 금과옥조로 삼았고, 그 사실을 투명하게 공개하고, 공유하고자 했다. 일부 언론들은 정부의 팩트파인딩(fact-finding) 노력 자체를 무시하고, 사실을 침소봉대하고, 무시하거나 심지어 왜곡하기조차 했다. 이에 대해 문제를 제기하면 '언론탄압'이라고 했다. 진보언론도 '사실의 힘'을 외면하는 경우가 많았다. 그들은 '의견'은 많았으나, '사실'을 추구하는 노력은 게을리하는 경향이 있다. 사실과 의견을 교묘히 섞음으로써 자신의 의견을 사실인 양 취급했다. 그러나 역사의 변곡점은 언제나 명명백백한 사실에서 출발했음을 잊어서는 안된다. 4.19혁명은 3.15부정선거라는 명백한 사실에서 촉발된 것이고, 6월시민항쟁도 박종철의 고문사라는 감출 수 없는 사실에서 시작됐다.

최근 인기를 끄는 '나꼼수'의 위력도 바로 '사실의 힘'에 기반한다. 물론 '오락적 요소'가 훌륭하게 가미돼 탈출구가 없는 시민들의 가슴을 뻥 뚫리게 하는 것도 인기의 요인이지만, 가장 중요한 것은 역시 '사실의 힘'에 근거하기 때문에 폭발력을 갖는다는 점이다. 이런 팩트 파인딩이 없다면 나꼼수는 한낱 골방에 모인 찌질이들의 정치소설짓기, 혹은 정치수다에 불과할 것이다.

'사실의 힘'과 SNS에 희망을 걸자

다시 종편 문제로 돌아가보자. 사실 종편을 되돌린다는 것은 결코 쉽지 않을 것이라는 현실적으로 인정해야 한다. 설령 MB를 청문회에 세운다고 한들 이미 시작한 종편을 취소한다는 것은 결코 쉬운 일이 아니다. 물론 시장의 논리, 즉 광고시장에서 일정부분 정리될 것이다. 그럼에도 보수언론이 신문과 방송을 통해 올서라운드 스테레오로 질러대는 편파보도는 한국언론의 정파적 경향을 더욱 심화시킬 것이다.

이런 비관적 전망에 우리가 대응할 수 있는 길은 오로지 '사실의 힘'에 기대는 것 뿐이다. 올바른 정보를 투명하고 유통시키는 것, 그것만이 유일한 대안이다. 그리고 이를 가능케 할 다양한 제도적 장치를 마련하는 일이다. 이와 함께 지금은 SNS가 기존 매스미디어의 의제설정력과 주도력을 제한하는 대안의 미

황우석 교수 관련 관계장관회의 브리핑.
원칙이란 도대체 무엇인가.
그것은 '사실의 힘' 이다. 협상과 타협도
사실을 기반으로 할 때 가능하다.

디어로 떠오르고 있다. 아직은 작은 힘이지만, SNS를 통해 사실이 살아남고, 이렇게 살아남은 사실이 편파적인 종편의 지배력을 일정하게 제약할 것이다.

오늘날 미디어는 위기이다. 위기는 언제나 더 많은 참여와 더 많은 공개를 통해 극복되기 마련이다. 종편 대응전략은 단순히 종편 폐지만을 의미하는 것이 아니다. 오히려 진보적 미디어 전략을 통해 그 대응방식을 찾는 것이 올바른 방향일 것이다. 다음 집권전략은 바로 더 많은 참여와 더 많은 공개를 통해 미디어의 위기를 넘어서야 한다는 관점을 명확히 하는데서 출발해야 할 것이다.

(2011. 11. 7)

3부

정의로운 나라, 공감의 정치

친환경 무상급식이 이뤄지면
채소 등의 유통구조가 일정부분
변화되는 것은 불가피하다.
마찬가지로 이처럼 복지의 확충은 행정전달체계의
변화를 수반하게 된다.

날라리 또는 소셜테이너

요즘 새로운 유형의 운동이 등장했습니다. 홍대 청소노동자 지원에서 시작한 '날라리 부대'와 크레인 위에서 목숨을 건 투쟁을 하는 김진숙 지도위원을 격려하기 위한 '희망버스', 그리고 '반값등록금' 투쟁입니다. 새로운 소통수단인 SNS에 힘입은 이 운동들은 과거와 다른 상상력과 행동양식을 보여주고 있습니다.

그리고 이들 운동의 주체도 과거와 다릅니다. 2008년 촛불시위 당시, '파리쿡', '쌍코', '킬힐', '소울드레서' 등 인터넷 취미동아리 회원들이 거리로 나왔습니다. 그런데 지금 SNS에 기반한 새로운 운동 주체들은 좀 더 발랄하고, 적극적입니다. 이들은 과거 관념적, 계급적 진보 개념으로 포착되지 않는 새로운 인종들입니다. 과거 운동주체들이 진지하고, 엄숙했던 데 비해 이들은 한없이 가볍고, 유쾌합니다. 그래서 '날라리 부대'라고 불럽니다.

이런 새로운 운동의 중심에는 '소셜테이너'가 있습니다. 김제동, 김여진 등 연예인들이 정치적 의제의 중심에 서서 대중의 참여를 이끌고 있습니다. 이들은 과거 정치판을 기웃거리던 폴리테이너와 질적으로 다릅니다. 과거 폴리테이너가 정치판의 액세사리였다면, 지금 소셜테이너는 사회적 이슈의 최전방에서 대중의 관심을 한 몸에 받고 있습니다.

소셜테이너가 묻는다, "정의로운가"

과거 폴리테이너들이 특정 정치인을 위해 동원됐다면, 지금의 소셜테이너는 스스로 의제를 촉발하고, 대중의 참여를 이끌어내고 있습니다. 소셜테이너들은 이미 정치적 소통능력의 측면에서 정치인을 앞서고 있습니다. '소셜테이너 금지법'이라는 희대의 코메디는 이들 소셜테이너의 영향력이 얼마나 대단한지를 역설적으로 보여줍니다.

그렇다면 이들 소셜테이너가 던지는 질문은 무엇일까요? 좀 더 정확히 표현하자면, 대중들이 소셜테이너의 입을 통해 던지는 질문은 무엇일까요? 그것은 '지금, 여기서 벌어지는 일이 과연 옳은가?'라는 물음입니다. 소셜테이너가 이렇게 정의를 따질 때, 침묵하던 대중들은 바로 "그렇지, 그게 진짜 내가 묻고 싶은

것이었어"라며 호응하고 있는 것입니다. 소셜테이너들은 대안
에 대해 말하지 않습니다. 단지 지금 이땅에서 벌어지는 많은
일들이 옳은지, 그른지를 묻고 있을 뿐입니다.

 - 수 천억원의 적립금을 쌓아놓은 대학이 돈 몇 푼 올려달란
   다고 나이 많은 청소 노동자를 해고하는 것은 옳은 일입니
   까? 그리고 이런 어르신들을 돕지는 못할 망정 '당신들 임
   금 오르면 우리가 등록금 더 내야 한다' 며 몰아붙이는 대학
   생들의 행동은 옳은 것입니까? 오늘날 우리 대학이 더불어
   사는 지성인이 아니라 자기 밖에 모르는 '괴물' 을 키우고
   있는 것은 아닐까요?

 - 한 여성이 크레인에 올라가 1년 가까이 살려달라고 외쳤는
   데도 어느 누구 하나 관심갖지 않고 모른 채 하는 것은 옳은
   것입니까? 기업은 매년 천문학적인 이익을 남기는데, 노동
   자들은 그 이익을 분배받기는 커녕 언제든지 정리해고되는
   현실은 옳은 것입니까? 희망버스 참가자들에게 몽둥이를
   휘두르는 용역업체 아르바이트생들은 우리사회가 키운 '괴
   물' 이 아닐까요?

 - 매년 수 천억원의 적립금을 쌓는 대학에 한 해 천만원 가까

운 등록금을 내야 하는 현실은 옳은 것입니까? 대학을 졸업
하는 순간, 수 천만원의 빚을 진 실업자로 전락하는 현실은
옳은 것입니까? 그래도 이런 현실을 외면하며 '나만 살면
된다'는 이기심으로 충만한 대학생들은 우리사회가 키운
'괴물'이 아닐까요?

너도 아프냐, 나도 아프다

도시화, 산업화 과정에서 우리의 전통적 농촌공동체는 붕괴됐
습니다. 전통적 공동체가 붕괴되면서 그 공동체의 윤리기준도
함께 사라졌습니다. 그리고 전통적 가치기준, 정의에 대한 전통
적 판단기준은 사라졌습니다. 농촌공동체의 잔재들이 동창회,
향우회, ○○클럽 등의 형태로 잔존하고 있지만, 이들 모임에는
과거 농촌공동체를 지탱하던 윤리가 없습니다.

우리는 수많은 이런 패거리 공동체에 싸여 살고 있습니다. 여
기에는 이권과 이런 이권을 위해 뭉친 패거리의식만 존재할 뿐
입니다. 만인이 만인을 향해 늑대인 사회에서 오직 믿을 것은 돈
과 패거리 뿐입니다.

문제는 이같은 이권을 중심으로 뭉쳐진 패거리가 결코 정의롭
다고 할 수 없다는 것입니다. 영화 '이끼'에서 종교단체의 가면
을 쓰고 양아치 행세를 하는 그 구성원들이 정의롭지 못한 것과

마찬가지입니다. 우리 사회 전체가 이익(혹은 시장, 경쟁)으로 해체되고 있습니다. 국가가 이같은 시장에 의한 식민화를 제어하는 역할을 하지 못하고 있습니다. 오히려 MB 정부 들어 국가가 개인의 삶을 파괴하고 있습니다. 이제 우리는 어디서 옳고 그름의 준거를 찾아야 하는가 혼돈스러워하고 있습니다. 연대와 공존을 통해 우리의 최소한의 인간적 삶을 유지해줄 사회적 장치(공동체)는 어디 있는 것인지 찾고 있습니다.

마이클 샌들의 〈정의란 무엇인가〉라는 책이 많은 사람들의 관심을 끌었던 것은 이러한 사회정치적 배경과 관련이 있습니다. 윤리의식의 부재, 더 정확히 말하면 윤리의식의 뿌리인 공동체의 부재에 대한 문제의식입니다. 정의란 옳고, 그름을 판단하는 가치론적 기준입니다. 그리고 이 기준이 적용되려면 공동체가 전제돼야 합니다. 공동체가 없는 곳에서 정의에 대해 말하는 것은 '잘못된 전제의 오류'를 범하는 것과 같습니다. 그래서 정의에 대한 소셜테이너들의 질문은 "우리 사회에 정의가 뿌리내릴 공동체가 존재하느냐"고 묻는 것과 같습니다. 혹은 같은 말입니다만, "우리 사회에 정의로운 공동체가 존재하느냐"고 묻는 것입니다.

소셜테이너들의 슬로건은 "너도 아프냐? 나도 아프다"라는 말로 요약됩니다. 이웃의 아픔에 공감하는 능력이야말로 사회정의의 정서적 토대입니다. 그리고 이러한 정서적, 윤리적 공감대가 형성돼야 공동체의 복원이 가능해집니다. 소셜테이너들은 "지금, 이땅에서 벌어지는 일들이 과연 옳은가?", 나아가 "우리는 옳고, 그름을 판단할 근거인 공동체 속에 살고 있는가"라고 묻고 있습니다. 그리고 대중들은 이들의 질문에 호응하면서 '정의로운 공동체에 대한 희망'을 합창하고 있는 것입니다.

문제는 진보가 아직 여기에 적절한 해답을 내놓고 있지 못하고 있다는 점입니다. 정확히 말씀드리면 이들은 기존의 진보가 이들이 제기하는 '정의로운 공동체'에 대해 어떤 대답을 주고 있다고 생각하고 있지 않다는 것입니다.

지금 정당통합이 논의되고 있습니다. 물론 결과를 지켜봐야 알겠지만, 그 중에서도 특히 진보통합의 논의는 구체적으로 진행되고 있습니다. 제가 과문한 탓인지 모르겠으나 현재 논의되고 있는 진보통합 논의는 정치공학적인 것으로 비춰지고 있는 것이 현실입니다. 아직 소셜테이너들이 요구하는 '정의로운 공동체'에 대해 어떤 대답을 내놓고 있지 않기 때문입니다.

시민들이 희구하는 '정의로운 공동체'에 대한 비전보다 과거 분열주의에 바탕한 '사과'와 '굴복'이 의제가 되고 있습니다. 정당통합이 '정의로운 공동체'에 대한 비전이 아니라 퇴행적 분열의 담론에 의해 지배될 때, 대중은 이 통합에 어떤 희망을 기대할 수 있을까요. 통합은 산술적 합계를 넘어서는 질적 비약을 포함합니다. 이미 통합 속에는 전통적 진보의 혁신에 대한 요구가 내재되어 있다고 해야 할 것입니다. 기존의 사회운동으로 온전하게 대표되지 못한 '정의로운 공동체'에 대해 새로운 대안이 바로 그 요구의 핵심입니다. 과연 진보는 여기에 대답할 준비가 되어있다고 보시는지요.

(2011. 8. 16)

박근혜 복지에는 정치가 없다

박근혜가 복지의제를 선점하려 하고 있다. 세미나도 하고 연구소도 발족시켰다. 이런저런 반대가 있겠지만, "아버지가 살아계셨으면 지금 복지국가를 만들려 할 것이다"로 설득할 것이다. 보수집권에 도움이 된다면 조중동도 도와줄 것이다. 박근혜는 복지의제 선점을 통해 피상적으로 '담대한 보수'의 이미지를 구축하는 것은 물론, 지난 실패경험을 토대로 중도를 선점하는 효과를 갖게 될 것이다

물론 진보도 꾸준히 복지를 얘기해왔다. 특히 김상곤 교육감의 무상급식은 복지를 우리 사회의 주요 의제로 만드는데 큰 역할을 했다. 개발중심 패러다임에서 복지패러다임으로 전환을 역설한 노무현 대통령의 《진보의 미래》도 우리 사회 복지논쟁을 한단계 업그레이드했다. 그럼에도 지금, 박근혜가 이 의제를 선점하고 있는 것처럼 보인다.

박근혜 의원의 복지의제 선점은 진보진영에게 곤혹스런 일이 아닐 수 없다. 진보진영은 박근혜의 복지와 구별짓기 위해 다양한 주장을 펴고 있지만, 대중적으로 인지되지 못하고 있다. 오히려 진보에게 '보편적 복지'는 '담대'할 것도 없는 당연한 것인 반면, 박근혜의 복지의제는 대중에게 매우 신선하게 다가갈 것이다. 역사적으로, 복지의제가 보수정권에 의해 추진된 경우가 허다하다. 미국의 공화당 닉슨 대통령 때 주요 복지정책이 대폭 도입됐고, 영국의 경우도 보수당 정권이 복지정책에 적극적 역할을 했다. 이처럼 보수가 진보의 의제를 들고 나와 정치적으로 그 정당성의 기초를 확장한 경우는 수없이 많다.

'왜 보수가 복지를 얘기하느냐'고 비아냥거리는 식의 문제제기는 소용없는 일이다. 그렇다고 '누가 하든 복지를 얘기하는 거니까, 좋은 것 아니냐'고 말하는 것 또한 무기력한 패배주의다.

문제는 복지가 아니라 '정치'다

왜 이렇게 됐을까. 왜 복지의제에서 박근혜와 차별화되지 못하고, 심지어 의제의 주도권마저 빼앗겼을까. 핵심은 '정치'가 배제됐기 때문이다. 진보와 보수의 가치를 가르는 정치가 배제된 순수 복지만을 얘기할 경우, 복지의제 자체만으로 차별화하기 쉽지 않다. 복지가 진보가치와 진보정치와 결합되지 않을 때, 대중은 오히려 힘있는 한나라당 대권후보를 통해 복지를 구현하려 할 것이다.

지금 진보 진영에서 복지의제를 중심으로 논의하는 경우 기본적으로 국가-시장의 관계에서 국가의 역할을 강조한다. 특히 양극화가 심화되어가고 있는 현시점에서 국가가 복지를 사회적 통합의 주요한 수단으로 사용한다. 그러나 그것은 결국 사후의 보완적 성격을 지닐 수 밖에 없다.

그렇다면 진보진영은 복지를 넘어선 더 근본적인 문제제기가 필요한 것이 아닐까.

예컨대 시장 민주주의에 대한 어떤 대안을 제시할 것인가. 정치적 민주주의와 평화는 어떻게 달성해야 할 것인가. 이런 질문에 대한 대답을 외면한 채 복지만을 강조할 경우, 그것이야말로 빌 게이츠가 말한 '창조적 자본주의'에도 미치지 못하는 것이다.

이런 문제제기에 대해 복지를 중심으로 정치,경제,사회의 재구성이 필요하다고 대답하기도 한다. 그렇지만 필자가 과문(寡聞)한 탓인지 몰라도, 아직 그 재구성의 구체적 모습을 보지는 못했다. 이런 복지 중심의 사회체제에 대한 총론적 모습을 제시하지 않고, 그냥 복지를 강조하는 것으로는 진보진영이 박근혜의 복지와 차별성을 얻기 힘들 것이다. 오히려 복지는 정치적 민주주의와 평화, 시장 민주주의 등을 포함하는 사회적 총개념의 하위개념이거나 보완적 개념일 수도 있다. 정의사회든, 공정사회든 진보가 나아가야 할 총론적 가치(혹은 정치)에 대한 비전없이 복지 의제만으로 진보의 정당성을 획득할 수는 없을 것이다.

복지의 '정치화', 시민참여

복지 자체가 실현되기 위해서라도 정치는 불가피한 요소이다. 무상급식의 경우 이미 정치과정을 통해 실현되고 있고, 그것 자체가 중요한 정치적 의제가 되었다. 친환경 무상급식이 이뤄지면 채소 등의 유통구조가 일정부분 변화되는 것은 불가피하다. 마찬가지로 이처럼 복지의 확충은 행정전달체계의 변화를 수반하게 되고, 이를 둘러싼 일정한 정치적 갈등이 예상된다.

행정학자들 중심의 담론체계가 복지전문가들 중심의 담론으로 전환되는 과정의 갈등도 예상해볼 수 있다. 뿐만 아니라 기존의 발전방식에서 기득권을 유지하던 집단을 설득하는 작업도 쉬운 일이 아닐 것이다. 건설 중심의 예산을 복지로 전환하는 과정은 거대한 정치적 투쟁을 수반한다.

문제는 진보진영의 복지담론에 이런 정치화에 대한 논의가 배제되어 있다는 것이다. 아직 준비가 덜 됐을 수도 있고, 이미 준비되어 있지만 공적 논의가 이뤄지지 않을 수도 있을지 모르지만, 현재로선 아직 구체적으로 눈에 들어오지 않는다.

복지의 정치화를 위해 무엇보다 필요한 것은 시민의 참여이다. 시민들의 생활상의 요구와 결합해 그들의 참여를 극대화하는 과정에서 진보정치(혹은 진보가치)를 실현해 나가야 한다. 대중의 생활세계의 정치적 투쟁(시민정치운동)을 매개하지 않는 복지는 박근혜의 시혜적 복지와 차별화하기가 쉽지 않다. 진보적 의미에서 보편적 복지를 구현하려면 시민들의 참여가 필요하다. 그 참여의 공간은 기존의 국가권력을 둘러싼 투쟁이나, 시장에서의 이익 추구를 위한 갈등 형성을 의미하지 않는다. 국가 – 시장의 이분법을 넘어서는 새로운 참여 민주주의 전략이 필요하다. 이를 통해 '정의에 입각한 공동체'적 공간을 만들고, 보편적 복지가 이런 공동체적 가치와 결합될 때, 진보적 의미의 복지, 복지의 진보화가 가능해진다. 이는 단순히 보편적 복지가 구현되기 위한 공동체적 기반을 구축한다는 소극적 의미가 아니다. 공동체적 가치와 시민들의 참여가 새로운 민주주의의 확장을 가져온다. 이는 참여 공동체를 통해 민주주의를 재민주화함으로써 위기에 부딪힌 87년 체제(제도적 민주화)를 극복하기 위한 전략이기도 하다.

결국 복지의 확충은 참여민주주의를 전제하지 않을 때, 그 복지는 부자가 빈자에게 배푸는 시혜 정도에 불과하게 될 것이다. 이러한 복지는 절대 진보가 원하는 복지가 아니다. 박근혜의 복지에 선수를 뺏겼다고 당황하기 이전에 지금 진보진영은 진보적 의미에서 보편적 복지는 무엇인지, 이를 어떻게 달성할지, 그 과정의 정치투쟁과 시민참여는 어떻게 가능한지 고민해야 할 것이다.

(2010. 12. 29)

리영희 선생님을 추억하며

　리영희 선생님!! 대학을 들어가서 제일 먼저 읽은 책이 그 분의 쓴 책이었다. 당시 《전환시대의 논리》는 미국이 베트남 전쟁을 의도적으로 도발해 일어났다는 점을 사실적으로 밝힘으로써 대학생들이 미국에 대한 환상과 냉전의식을 극복하는데 상당히 기여했던 책이었다. 이 책을 들고 다니다 불심검문에 걸려 경찰서에 잡혀가거나 학교에서 유,무기 정학, 심지어는 퇴학을 당하는 어처구니 없는 일이 벌어진 시절이 1970년대 말 유신시절이었다.

　1980년대는 광주항쟁을 거친 후 많은 사람들이 반독재 투쟁에 참여했었고, 어려움을 함께 할 수 있는 많은 사람들이 있었기에 1970년대만큼 어렵지 않았다. 오히려 운동권은 하나의 권력이 되어 있었다.

　반면 1970년대 말 우리 사회는 한마디로 살벌한 사회였다. 데모에 참여하면 자칫 몇 년을 감옥에서 썩어야 했고, 강의시간에 유신체제를 비판했다는 이유로 교수가 기관에 끌려나 고문을 당했던 시절이었다. 이 당시 대학생들은 리영희 선생님과 크고 작은 인연과 기억을 갖고 있다. 그 분의 책을 읽고 세상을 새롭게 인식하는 계기를 가진 것은 물론 그 분의 책을 소지하는 것 자체가 자그마한 실천이었다. 리영희 선생님은 늘 자신때문에 고초를 겪은 우리에게 미안해 하셨지만, 우리로서는 그런 스승을 가진 것이 큰 행운이라 생각했다.

리영희 선생님 덕분에

대학 2학년이었던 1977년이었다. 농활을 마치고 필자는 한국 현실에 대한 고민이 나름대로 적지 않았다. 이 현실을 피해 눈을 돌리자니 비겁하게 느껴졌고, 그 현실에 도전하자니 용기가 나지 않았다. 아마 8월 초순이었던가. 교수가 된 두 명의 대학친구와 동해안 도보여행을 떠났다. 강릉에서 걷기 시작해 약 1주일여를 지나 경상도 지역을 들어섰다. 당시 동해안은 거의 철조망이 쳐져 있어 해안에 접근하는 것은 불가능했다. 또 도로 곳곳에 검문소가 있어 신분증과 짐 검사를 마쳐야 통과할 수 있었다. 요즘의 기준으로 따지자면, 엄청난 인권침해를 당하고 있었다.

울진을 벗어나 영덕 어디쯤을 지날 때였다. 검문을 하던 군인이 우리 세사람을 불러세웠다. 학생증을 제시해 신분을 확인했음에도 가방을 뒤지려 했다. 1주일동안 노숙생활로 몰골이 말이 아니었을 것이다. 친구 한 명이 그것을 거부했다. 실랑이가 벌어졌고, 그것이 그들에게 더욱 이상하게 보여졌을 것이다. 그러나 그들의 요구에 꼼짝없이 가방을 내놓았다. 친구가 그렇게 가방 내놓기를 주저했던 것은 가방 속에 다름 아닌 리영희 선생님의 《전환시대의 논리》가 있었기 때문이다. 이 책 때문에 바로 포항으로 압송됐다. 그리고 포항경찰서에서 관악경찰서로 연락해 우리의 신병을 이첩했다. 당시 지도교수가 관악경찰서에 호출돼(?) 몇가지 신병과 관련된 확인서를 쓰고 석방되었다.

사실, 영덕 언저리에서 연행될 때 이미 우리는 돈이 떨어져 배고픔을 참고 있었다. 사실, 목표지 포항까지 도달한다고 해도 서울까지 갈 일이 막막했다. 그런 지점에 우리를 구해준 것은 다름 아닌 리영희 선생님의 《전환시대의 논리》였다. 그 책 덕분(?)에 우리 일행은 배고픔을 해결했던 것은 물론 무사히 서울까지 올라올 수 있었다.

사실의 힘

필자가 리영희 선생님께 배운 가장 중요한 것은 '사실의 힘'이었다. 선생님은 이론이나 사상이 아니라 사실을 통해 그 진실을 보여주려 했다. 아마 기자생활에서 몸에 밴 사실 중심의 사고

때문인지 몰라도 어느 것 하나 말이나 논리로 때우려 하지 않았다. 선생님은 철저하게 사실로 설명하려 했다.

《전환시대의 논리》에서 미국이 베트남 전쟁을 어떻게 일으키고 개입했는지, 공개된 미국 정부의 비밀문건과 당시 언론보도를 통해 설명했다. '우상과 이성'에서는 냉전과 반공의 도그마로 왜곡된 중국에 대한 인식을 사실적으로 바꾸려 했다. 특히 필자가 기억하는 한 편의 논문이 있다. 제목은 기억나지 않으나, 1980년대 중반 간행됐던 '사회와 사상'이라는 잡지에 쓴 글 한 편은 압권이었다. 당시 광주항쟁을 진압하고 집권한 군사정권은 여전히 북한의 위협을 강조해 군부체제 유지를 정당화했다. 그 핵심 논거가 다름 아닌 북한의 군사력이 남한에 월등이 우월하다는 주장이었다. 리영희 선생님은 이 논문을 통해 남북한 군사력을 비교해 이미 남한이 북한에 비해 월등히 우월한 군사력을 보유하고 있음을 입증했다. 이 논문의 목적은 분명했다. 북한의 군사적 위협이 과장되었고, 따라서 그 위협을 전제로 한 군부체제는 정당화될 수 없다는 것이었다.

그는 반공이데올로기가 어떻게 군사독재 정권의 정치적 이해관계가 연결되어 있는지를 분석할 때, 절대 평범한 정치분석이나 이념에 의존하지 않았다. 이론적 틀을 제시하고, 그것을 가지고 현실을 설명하려 하지 않았다. 그는 오로지 사실에 입각해 기술했을 뿐이다. 결코 이론이나 사상적 틀에 짜맞춰 설명하려 하지 않았다. 이런 점에서 보면 오늘날 미국에서 유학한 수많은 외교안보 전문가들과 크게 대비된다. 오히려 그들이 학습한 수많은 이론과 사상적 틀이 사실 자체에 대한 올바른 인식을 방해하는 것은 아닐까. 미국에서 배운 이론과 방법론들이 다른 사람들과 차별화할 수 있는 무기일 수도 있지만, 반대로 그것에 집착해 사실을 외면하는 결과를 낳는 건 아닐까.

이런 점에서 보면 한국의 지성, 좁게는 외교안보분야에서 지식은 퇴행하고 있다. 우리의 주체적 이론과 방법론없이 미국에서 수입한 틀로 우리 현실을 분석하는 것은 결코 우리의 문제를 있는 그대로 인식하는데 도움이 되지 않는다. 중요한 것은 여전히 이데올로기와 도그마에 갇혀 있는 사실과 진실을 해방시키는 것이다. 그런 점에서 우리 지식인과 외교안보 전문가들은 여전히 리영희 선생님을 넘어서지 못하고 있는 것이다.

이런 지적은 기자들에게도 해당된다. 어느 때부터 기자는 자판기를 두드리는 기능인 역할에 머물고 있으며, 데스크의 지시에 꼼짝못하는 월급쟁이가 되어가고 있다. 기분 나쁘지만 부정할 수 없는 사실 아닌가. 오늘날 기자들이 어떤 치열한 지적 노력과 사실과 진실을 추구하기 위한 노력을 하고 있는지 궁금하다. 그저 이념과 정파만 난무한다는게 언론학자들의 지적 아닌가.

변방에서 중심을 흔들다

그는 우리 사회의 변방이었다. 이북 출신이고 해양대를 졸업하고 군대에서 영관급을 지냈다. 그리고 통신사 기자를 했고, 운이 좋아 한양대 교수를 지냈다. 물론 수차례 해직과 옥고를 치렀다. 서울대를 나온 것도 아니고, 법대를 나온 인물도 아니었다. 독일이나 미국의 저명한 대학에서 유학한 것도 아니었다. 그는 오로지 '사실의 힘'을 믿었다. '사실의 힘' 외에 어떤 이론이나 학벌, 세력도 그에게는 힘이 될 수 없었다. 이데올로기와 도그마, 기득권이 자신의 이익을 지키기 위해 내놓은 갖가지 잡설을 격파하기 위한 가장 강력한 힘은 사실이다. 그리고 그 사실에 입각해 진실을 밝히는 급진적 태도야말로 허구를 넘어서는 가장 핵심적 경로일 것이다.

이런 점에서 리영희 선생님은 노무현 대통령과 유사한 부분이 있다. 노무현 대통령도 우리 사회의 변방 출신이었다. 그런 만큼 노무현 대통령은 현란한 이론이나 사상에 의존하지 않았다. 오로지 사실과 진실에만 호소했다. 노무현 대통령이 평소 강조했던 것은 "사실에 입각해 말하고 본질적으로 사고하라"라는 것이었다. 개혁과 진보는 '사실에 입각해 본질적으로 사고하고, 끝까지 책임지는 것'에서 시작한다고 종종 강조하기도 했다.

노무현 대통령 서거후 우연히 뵙게 된 선생님은 병중에도 여전히 기상이 드높았다.

목소리도 여전히 카랑카랑했다. 노무현 대통령에게서 느꼈던 그런 기백을 지닌 분이셨다. 선생님의 말씀 속에 비분강개가 녹아있었다.

"이놈들! 도저히 용서하면 안돼! 자네들이 끝까지 책임을 물어야 해!"

(2010. 12. 8)

노무현 대통령님, 추석 잘 쇠셨습니까

대통령님, 그간 잘 지냈셨습니까.

올 여름은 유난히 무덥고 비가 많았습니다. 태풍도 몰아쳐 많은 피해가 있었습니다.

추석 직전에는 서울에 100년 만의 폭우가 쏟아져 가난한 사람들이 서러운 추석을 보냈습니다.

아직 햇살이 따갑습니다만, 아침, 저녁으로 제법 서늘한 기운이 느껴집니다. 추석은 잘 쇠셨는지요?

참여정부 막바지에 대통령과 여러 대화를 나눌 수 있었습니다. 특히 2007년 마지막 해, 저는 홍보처장으로서 대통령과 많은 대화를 나눴습니다. 주로 시대정신에 대해 논의했었습니다. 마지막까지 빈틈없는 정부 운영을 해야 한다며 여러 고민을 털어놓기도 하셨습니다.

"총대 메게해 미안하네"

퇴임 하루 전날이던가요. 대통령님께서 커피 한잔 하러 올라오라 했습니다. 대통령께서 그때 이런 말씀을 하셨지요.

"김처장, 총대 메게 해서 미안해. 대학 복직도 못하고…. 개인적으로 너무 많은 희생을 한 것 같아 정말 미안하네."

저는 이렇게 답했습니다. "대통령님께 오히려 감사드립니다. 대통령님께서는 앞에서 일 시켜놓고 한 번도 뒷거래를 한 적이 없었습니다. 끝까지 원칙과 약속을 지켜주셔서 오히려 저희가 일하기 매우 편했습니다. 저희들의 고통이 대통령님만 하겠습니까."

대학복직이 무산되고 주변 권유로 캐나다 UBC에 교환교수로 나갈 때, 출국 직전 대통령님을 찾아 뵙습니다. 지금도 핸드폰에 그때 부엉이바위 위에서 대통령님과 함께 찍은 사진을 그대로 보관하고 있습니다.

2008년 10월쯤 캐나다에서 돌아왔을 때, 대통령께서는 저를 반겨주셨습니다. 우리 사회의 민주주의와 미래에 대해 함께 공부하자고 하셨습니다. 저는 해직된 홍보처 직원과 연구자들로 지원팀을 꾸렸고, 서초동에 사무실을 마련했습니다.

저희는 대통령께서 읽을 책과 자료를 준비했습니다. 거의 매주 1박2일 봉하에 내려가 함께 토론했습니다. 대통령께서는 그

1박2일 토론회를 손꼽아 기다리며 밤새 컴퓨터 앞에서 준비작업을 하셨다는 이야기를 나중에야 전해 들었습니다.

그리고 이 작업을 확대하기 위해 2009년 초 전직 장관출신 교수들도 합류했습니다. 대통령께서 직접 고안한 인터넷 토론방도 마련됐습니다. 대통령께서 수많은 질문을 던졌고, 저희는 그 질문에 대한 답변자료를 만들곤 했습니다.

"'진보의 미래'로 가자!"

토론을 할 때마다 대통령께서는 많은 말씀을 하셨습니다. 마치 학구열에 불타는 젊은 학생같았습니다. 그때 하신 말씀이 《진보의 미래》에 그대로 담겨 있습니다. 많은 분량의 문건을 직접 작성한 뒤 직접 발제도 하셨지요.

당시 대통령님의 문제의식은 '국가의 역할'에 관한 것이었습니다. 정치적 민주주의는 물론 사회경제적 민주주의를 위해 국가의 역할이 중요하다고 판단하셨지요. 참여정부 기간 세계화로 인한 불평등을 완화하기 위한 사회복지를 충분히 확충하지 못했다는 아쉬움도 토로하셨습니다. 그리고 그것이 오늘날 진보가 해결해야 할 가장 중요한 과제라 생각하셨습니다.

그런데 문제는 국가의 역할을 강조할 경우 자칫 진보가 국가주의와 동일시될 가능성이 있다는 점이었습니다. 국가의 역할이 강조되면 자칫 민주화에 따른 시민의 자유가 후퇴할 수도 있다는 우려를 하셨습니다. 우리의 역사적 경험에서도 국가가 경우에 따라 권위주의적 통치수단이 되어 개인의 자유를 폭력적으로 제약했던 경우도 있었습니다. 그래서 오늘날 국가이론과 실제에 대해 많은 공부를 했습니다. 특히 국가를 협치(거버넌스)의 관점에서 바라볼 필요성에 대해서도 논의했습니다.

국가의 역할을 강조할 경우 야기될 수 있는 이런 문제들 때문에 주제를 전환할 필요성이 제기됐습니다. 그래서 '국가의 역할'이 아니라 '진보의 미래'에 대해 논의하자, 즉 국가가 아니라 진보를 주제화하자는 논의가 시작됐습니다.

반론도 있었습니다. 아직 진보를 주제화하기에는 사회적, 이념적 여건이 매우 어렵고, 모험적이라는 지적이 나왔습니다. 여전히 '진보=좌빨'이라는 이념적 프레임이 강고한 현실을 고려하면 이런 우려는 당연한 것이었습니다.

그러나 저는 '진보의 미래'로 가야 한다고 주장했습니다. 저는 "대통령께서 현실정치인이 아닌 이상 우리 사회의 본질적 의제를 생산할 필요가 있고, 향후 20년간 몰입하셔야 할 의제를 선택해야 한다"고 말씀드렸습니다. 결국 대통령께서는 "진보의 미래로 가자!"라고 결정하셨습니다.

진보가 우리 주위를 배회하고 있다

그리고 어느날, 대통령께선 훌쩍 이 세상을 뜨셨습니다. 죽음을 선택하던 마지막 순간에도 그 고통 때문에 "책을 읽을 수도 글을 쓸 수도 없다"라고 쓰셨습니다. 이 글을 읽으면서, 대통령께서 《진보의 미래》를 위해 글을 읽고, 쓰는 일을 얼마나 소중히 여기셨는지 가슴 미어지게 깨달았습니다. 대통령께서는 '아무도 원망하지 마라' 라고 하셨지만, 저희는 검찰조사를 핑계로 1박2일 토론을 게을리했던 자책과 자괴감을 지울 수 없습니다.

2009년 말, 저희는 대통령께서 남기신 말씀을 《진보의 미래》라는 책으로 정리했습니다. 대통령께서 그토록 쓰고 싶어하셨던 책입니다. 그리고 지난해 말, 권양숙 여사님을 모시고 망년회 겸 《진보의 미래》출판기념회를 가졌습니다. 이 자리에서 권 여사님은 "아직도 당시 토론에서 나누었던 수많은 말들이 우리 주위를 배회하고 있다. 진보는 대통령의 것이 아니라 여러분의 것이 되었습니다"고 말씀하셨습니다. 그리고 모두들 소리없이 흐느꼈습니다.

《진보의 미래》에 대해 일부 '원리주의적 진보주의자' (대통령께서 '낡은 진보'를 이렇게 개념화하셨지요)들은 진보가 노무현 대통령과 참여정부의 전유물이 돼버리는 바람에 진보가 신자유주의에 의해 훼손됐다고 비판하기도 했습니다.

이런 비판에도 불구하고, 진보담론은 우리 정치에서 빠르게 퍼져나갔습니다. 대통령님과 저희의 예견을 훌쩍 뛰어넘는 속도로 말입니다. 2010년 6.2 지방선거에서 진보교육감 후보으로 분류한 분들이 대거 당선됐습니다. 또 자칭 대선급(?) 정치인들이 너도나도 진보를 주장하고 나섰습니다.

어느 정치인은 기사에서 '중도'로 표현된 것에 대해 참모들에게 노발대발했다고 합니다. 또 어느 정치인은 민노당의 정책을 자신의 주요 정책으로 차용하기도 했습니다. 과거 운동권 출신의 젊은 정치인은 '탈(脫)자본주의'를 주장합니다. 어느 정당은 '진보자유주의'를 공식이념으로 채택했습니다. 정말 과거에는 상상할 수 없는 일들이 벌어지고 있습니다.

상전(桑田)이 벽해(碧海)가 돼버린 느낌입니다.

칼 마르크스가 '공산당 선언'에서 말했습니다. "공산주의의 유령이 유럽을 배회하고 있다"고. 마찬가지로 지금 한국에는 진보의 유령이 배회하고 있습니다. 이제 진보의 플랭카드를 내걸지 않으면, 정치한다는 말조차 할 수 없을 지경이 됐습니다.

본질적으로 사고하고 근본적으로 행동하라

이러한 현상은 꼭 바람직하지만은 않다는 것이 저의 생각입니다. 우선 이들은 진정성을 의심받고 있습니다. 이들은 지금까지 전혀 진보를 고민하는 모습을 보여주지 않았습니다. 그런데 어느 날 갑자기 마치 진보가 자신의 '오랜 신념'인 것처럼 떠벌립니다.

이들은 공부에도 소홀합니다. 치열한 고민과 공부로 정치적 의제를 만들고, 이를 통해 대중을 결집하려는 노력을 게을리합니다. 언젠가 대통령께서는 "정치는 담론(의제)을 만들고 그것을 통해 대중을 세력으로 결집하고 주류를 교체하는 것"이라고 말씀하셨습니다.

그렇다면 의제와 담론이 없는 정치는 뒷골목 양아치 정치에 불과합니다. 시대정신과 의제를 설정하고, 현실의 벽을 넘는 대안에 대해 고민하지 않는 정치는 이해관계에 따라 이합집산하는 유흥가 조직폭력배의 세력다툼에 불과합니다. 문제는 야권의 지도자들에게도 이러한 의제(담론)가 없다는 점입니다. 오히려 MB에게 얼토당토않은 '공정사회'라는 의제를 빼앗기고 허둥대고 있습니다.

다시 말해 요즘 진보담론이 유행한다면, 그것은 고민과 공부의 결과가 아니라, 그저 유행에 불과할 수 있다는 것입니다. 그래서 민주진보진영은 진보의 구체적 각론, 예컨대 공정, 정의, 균형발전 등의 세부의제를 개발하지 못한 채 그 주도권을 MB에게 빼앗기고 있다는 것입니다.

현재 야권 정치인들이 얘기하는 진보는 고민없는 진보담론에 머물러 있습니다. 대통령님과 저희들은 진보가 우리 시대의 중요한 가치이지만, 과거의 낡은 진보로는 더 이상 안되는 것은 물론이고, 이를 새롭게 재구성해야 한다는 사실을 거듭 확인했었습니다. 과거에는 계급투쟁이나 남북관계를 중심에 놓고 진보-보수를 생각했다면, 오늘날 진보-보수를 가르는 의제는 매우 다양해졌습니다. 낙태, 사형, 사이버상의 자유 등 매우 다양한 의제가 등장했고, 이중에서 어느 것이 더 중요하다고 말할 수 없는 상황이 되었습니다.

그런데도 진보담론의 유행을 쫓는 일부 야당 정치인들은 기존의 낡은 프레임에 안주하고 있습니다. 이러한 상황에 대해 대통령께서는 아마 이렇게 말씀하셨을 것입니다. "본질적으로 사고하고 근본적으로 행동하라!"

진보는 대통령께서 저희에게 유업으로 남긴 과제입니다. 이제 진보는 대통령님의 말씀이 아니라 저희의 언어가 되었습니다. 이제 저희도 이 의제를 피해갈 수 없게 되었습니다. 대통령께서도 지켜봐 주십시오.

날씨가 추워졌습니다. 예전에 저와 봉화산을 오를 때처럼 꼭 두꺼운 옷을 챙겨 입으시기 바랍니다. 다시 편지 드릴 때까지 건강하십시오.

(2010. 9. 27)

영화 「이끼」,
불의한 세상을 향해 정의를 묻다

2010년 8월 18일은 김대중 전 대통령 서거 1주년이 되는 날이다. 현대사의 거인이었던 김 전 대통령은 잊을 수 없는 말씀을 많이 남기셨다. 그 중에서 1992년 14대 대선운동때, "자유가 들꽃처럼 만발하고 정의가 강물처럼 흐르며 통일에의 희망이 무지개처럼 피어오르는 나라를 만들 것이다"는 말은 지금도 많은 사람들을 감동시킨다. 특히 "정의가 강물처럼 흐른다"는 말은 최근 필자가 봤던 영화 「이끼」와 겹치면서 잔상이 오래 지속되고 있다.

아마 지금의 불의(不義)한 세상 탓이 아닐까. 휴가 대신 가족과 함께 본 영화 「이끼」는 의외였다. 미리 만화를 본 아들이 "좀 머리가 아픈 영화"라고 경고했지만, 필자는 시큰둥했다. 애시당초 킬링타임정도로 생각한 탓이다.

영화 「이끼」, '정의'를 말하다

종교적 신념에 따라 인간을 도덕적으로 교화시킬 수 있고, 이를 통해 이상사회를 건설하고자 하는 유목형(허준호 분). 이러한 신념과 행동을 야만적 폭력으로 무산시키려는 형사(정재영 분, 나중에 이장이 됨). 이 영화는 두 사람의 대립을 통해 도덕과 야만, 이상주의와 현실주의 사이의 갈등을 보여준다.

무덤덤하게 영화를 보다가 갑자기 몸을 곧추세우기 시작한 것은 형사가 유목형에서 다음과 같은 말을 할 때부터였다. "당신에게 정의가 있어."

형사는 그동안 유목형을 좌절시키려던 계획을 포기하고, 대신 공존을 모색한다. 포주, 살인자 등과 같은 범죄자를 모아 이상사회를 함께 건설하자고 제안하는 것이다. 그러나 실제 건설된 이상촌은 전혀 달랐다. 형사(이장)가 사실상 조직폭력배 두목처럼 행세한다. 한 여자를 폭력으로 지배하고, 여러 명이 차례로 공유한다. 이런저런 명목으로 남의 재산을 빼앗아 엄청난 부를 축적하기도 한다.

이들의 행태는 유목형의 도덕주의를 비웃고 조롱한다. 그리고 모두에게 좋은 것이 좋은 것이며, 그것이 정의라고 생각한다. 유목형의 비현실적인 도덕주의는 거추장스러울 뿐이다. 그렇다고 유목형의 도덕주의가 성공한 것도 아니다. 이장과 마을주민들의 비웃음과 폭력을 견디다 못한 유목형은 이장을 살해키로 한다. 도덕주의도 결국 도덕이라는 명분을 걸고 폭력에 의지하는 것이다. 하지만 유목형은 이장 일당에게 도리어 살해당한다. 이후 이장 일당도 구속되는데, 여기에는 윗선의 압력에도 굴하지 않고 진실을 파헤치는 용기있는 검사가 존재한 덕분이다.

그렇다면 형사(혹은 이장)가 말한 '정의'는 도대체 어디에 있을까. 도덕주의는 폭력에 기대는 순간 실패하고 말았다. 정의는 윗선의 방해와 외압을 견디며 진실을 파헤치는 검사에게 있는 것일까.(그러나 작금의 검사가 정치검찰이라는 점을 감안하면, 이는 참 영화스러운 결론이지 않은가)

영화 「이끼」에서 정의를 떠올린 것은 최근 읽은 마이클 샌들의 《정의란 무엇인가》라는 책 때문이다. 요즘 지식사회는 이 책에 푹 빠졌다고 해도 과언이 아니다. 쉽지 않은 책인데도 인문사회과학 분야의 베스트셀러가 됐다. 이명박 대통령은 '휴가때 읽을 책으로 이 책을 챙겼다'고 했다가 혹시 나중에 책 내용을 묻는 질문에 답하지 못할 것을 우려해서 인지 '참모들이 추천했다'라고 수정했다고 한다. 박근혜의원도 휴가에 이 책을 갖고 갔다고 한다.

이들은 제각각 자기 입맛대로 이 책을 독해했을 것이다. 그러나 이 책이 우리사회에 던지는 진보적 함의를 충분히 잡아냈을까. 이 점이 필자는 의심스럽다. 이명박 대통령이나 박근혜의원이 이 책을 읽고, 이면의 진보적 함의를 이해하는 것은 불가능에 가깝다. 이 책의 함의를 제대로 이해하려면, 그들은 자신의 보수적 입장을 버려야 하기 때문이다.

마이클 샌들은 공동체주의자이다. 개인의 자유도 중요하지만, 공공적 가치을 보존하고 공동선을 추구하는 것이 한 사회의 건강한 존립을 위해 중요하다고 생각한다. 물론 파시즘과 같은 극단적인 공동체주의는 아니다. 미국적 맥락과 일치하는 것은 아니지만, 우리에게 공동체주의는 진보적 함의를 갖는다. 지금과 같은 약육강식의 사회, 부자만을 위한 사회, 기본적인 게임의 룰을 무시하는 한국 사회에서 공동선을 추구하는 것은 매우 진보적인 의미를 갖는다. 이론적으로도 시장의 경쟁과 개인의 자유를 절대시하는 로버트 노직의 '최소국가' 류의 주장에 대해 공공적 가치를 옹호하는 입장은 매우 진보적이다.

민주주의의 후퇴, 정의의 결핍

재밌는 사실은 2010년 8·15경축사에서 이명박 대통령이 '공정한 사회'를 언급했다는 점이다. 참 어이없는 일이다. 자신은 반칙과 편법에도 불구하고 대통령이 됐고, 그 밑에서 장관을 하려면 위장전입, 부동산투기, 군입대 회피 등 무수한 불법·편법리스트 중 적어도 두, 세가지는 필수적으로 이수해야 한다.

여기에 국민들에게 정치사찰, 폭력, 언론통제 등 온갖 패악을 저지르는 MB정부 사람들은 마치 영화 「이끼」의 이장과 그 일당들과 비슷하다. 그러면서도 공정한 사회를 부르짖는 것을 보면, 이건 뻔뻔하다고 해야 할지, 아니면 개념이 없다고 해야 할지 기가 찰 노릇이다.

어려운 철학서적인데도 마이클 샌들의 《정의란 무엇인가》가 베스트셀러가 된 이유는 무엇일까. 아마 정의에 대한 갈증때문일 것이다. 이 갈증은 MB정부 들어 뚜렷해진 민주주의의 후퇴에서 비롯됐다. 정의는 공동체적 가치를 전제한다. 한 공동체가 건강하게 유지하기 위해 옳고 그름에 대한 보편적 판단을 가져야 한다. 한 공동체가 보편적으로 공유한 옳고 그름에 대한 판단, 그것이 정의라 할 수 있을 것이다.

MB정부 이후 도덕과 질서가 급격히 무너지고 있다. 그들은 자신의 주관적 정의에 입각해 폭력적으로 시민들의 의사를 가로막았다. 정치인들은 물론 민간인까지 뒷조사하는 반민주적 작태를 서슴지 않는다. 약자에 대한 배려는 눈꼽만큼도 찾아볼 수 없다. 법은 약자에게만 엄격하고, 강자에겐 한없이 너그럽다. 시장은 소수의 부자만을 위해 봉사한다.

이같은 민주주의의 후퇴가 시민들에게는 바로 '정의의 상실'이라는 감각으로 다가온 것이다. 시민들은 이명박정부에서 강물처럼 넘쳐나야 할 정의가 땅바닥에 내팽겨쳐졌다고 느끼고 있다. 여기에 참여정부때 두눈 부릅뜨고 정부를 감시하던 언론이라는 감시견은 온데간데 없어지고, 지금은 그야말로 정권의 푸들만 꼬리를 흔들고 있지 않은가.

바로 이러한 현실이 영화 「이끼」와 《정의란 무엇인가》가 대중에게 어필하는 대목이다. 정의를 상실한 사회에서 어떻게 정의로운 공동체적 가치를 찾을 것이냐를 대중은 고민하고 있는 것이다. 그리고 이 고민이 현재 진보의 핵심 키워드이기도 하다. 이명박대통령마저 제 식대로 말한 그 '공정한 사회', 그리고 '공공적 가치', '공동선', '공동체'가 진보의 핵심 키워드가 돼야 한다.

이 가치로부터 약자에 대한 배려(복지)는 물론, 공정한 룰과 사회적 투명성(민주주의), 균형발전(중앙과 지역, 중소기업과 대기업의 상생발전) 등 수많은 당면과제에 대한 진보적 대안이 창출돼야 한다. 현시기 진보에게 이보다 더 적합한 가치와 절실한 당면과제가 있을까. 이것이 진보가 아니라면, 과연 무엇을 진보라고 말할 수 있을까.

《정의란 무엇인가》는 결론에서 정의를 다음과 같이 규정한다. "정의는 올바른 분배만의 문제가 아니다. 그것은 올바른 가치 측정의 문제이다." 그리고 소극적 방식으로 올바른 가치를 제시한다. 시민의식, 연대 등에 기초한 공동선으로서의 정치가 그것이다. 다분히 미국적 진보의 결론이다. 그럼에도 정의는 현재 우리에게 진보적 가치의 핵심이다.

사익집단화돼 버린 정치집단, 그리고 편법과 반칙이 정상인 양 취급되는 작금의 정치를 넘어서기 위해 공동선으로서의 정치를 되살려야 한다. 정의로운 사회, 공정한 사회를 지향하는 정치를 시작해야 한다.

김대중 전 대통령은 "정의가 강물처럼 흐르는 사회"라는 꿈을 노래했다. 그 꿈은 어떻게 실현가능한가. 2009년, 노무현 전 대통령의 영결식 후, 생애 마지막 6·15 남북공동선언 기념행사에 참석한 김 전 대통령은 이렇게 말했다.

"여러분께 간곡히 피맺힌 마음으로 말씀드립니다. '행동하는 양심'이 됩시다. 행동하지 않는 양심은 악의 편입니다. 독재 정권이 과거에 얼마나 많은 사람들을 죽였습니까.

그분들의 죽음에 보답하기 위해, 우리 국민이 피땀으로 이룬 민주주의를 지키기 위해서, 우리가 할 일을 다해야 합니다."

(2010. 8. 19)

《정의란 무엇인가》 따라 생각해보기

정의란 도대체 무엇이고, 무엇이어야 하는가.

영화 「이끼」에서 보여주는 것처럼, '정의'는 개인의 주관적 도덕에 기초해 결정되는 것도 아니고, 폭력에 의해 결정되는 것도 아니다. 마이클 샌들은 《정의란 무엇인가》에서 미국의 사례를 통해 역사적으로 존재했던 철학자들의 '정의관'을 소개하고 있다. 정의의 구체적 내용을 제시하는 것이 아니라 정의에 대해 생각하는 방법을 가이드하고 있다. 마이클 샌들이 가리키는 길을 따라가 보자.

우선, 정의란 최대다수의 최대행복이라고 생각해보자(제러미 벤담). 그렇다면 「이끼」의 경우처럼 다수의 행복이라고 해서 한 여성을 강제로 공유하는 것이 정의라 할 수 있을까. 누구에게 행복이라는 것을 누가 결정할 수 있는가. 행복과 쾌락은 육체적인 것 뿐 아니라 정신적 행복도 있지 않은가. 그렇다 하더라도 육체적 행복과 정신적 행복을 어떻게 구분한단 말인가.

둘째, 개인의 자유를 극대화하는 것이 정의라는 주장도 있다(로버트 노직). 국가나 공동체가 개인의 자유로운 선택에 최대한 관여하지 않아야 한다는 것이다. 따라서 국가도 개인의 자유에 최소로 개입하는 최소국가여야 한다는 것이다. 마이클 조던의 연봉이 높다는 이유로 무조건 무겁게 세금을 물리는 것은 잘못이다. 그러나 조던의 수입이 완전히 개인의 노력에 의한 것일까. 시장경쟁은 과연 공정하게 이뤄진다고 할 수 있는가. 나아가 이런 자유가 공동체의 해체를 가져올 가능성은 없는가.

셋째, 개인의 자유와 공동체적 가치를 조화시키는 시도도 있다(존 롤스). 약자를 우선적으로 고려하고(최소수혜자 우선원칙), 아무런 사전 편견없이 중립적으로 판단한다(무지의 베일)는 것이다. 그러나 과연 모든 편견을 배제한 중립적 판단은 가능한가. 최소수혜자 우선원칙만으로 공동체의 정의가 지켜진다고 할 수 있을까.

넷째, 공동체나 국가가 유지되기 위해 애국심과 연대의식, 그것에 필요한 개인의 도덕을 기르는 것이 정의이고, 정치라는 주장도 있다(아리스토텔레스, 플라톤). 하지만 누가 국가나 공동체에 어떤 목적을 부여할 수 있을까. 나아가 국가의 목적에 부합하는 도덕은 누가 결정할 수 있는가. 그리고 국가가 과연 개인에게 도덕적 이상을 강제할 수 있는가. 또 사회정치적 문제인 정의를 도덕적 수준에서 해결할 수 있을까.

다섯째, 천부적 권리를 지닌 개인들의 계약에 의해 정의를 결정할 수 있다고 생각할 수 있다(칸트). 공동체나 국가의 목적에 개인이 종속되는 것이 아니라 개인의 권리나 자유에서 정의를 설명하려 한다. 그러나 이성의 명령에 의해 개인의 권리는 어떻게 설명될 수 있을까. 그래서 과연 모든 사회나 역사에 보편타당한 정의의 원칙이 있을 수 있을까.

진보는 대안이 있나

지난 3년간 MB가 망쳐놓은 대한민국의 모습은 절망적이다. 2011년 초, 살처분된 300만 마리의 소·돼지, 전세대란, 물가대란 등은 시시각각 우리를 벼랑 끝으로 몰고 있다.

그리고 2009년 OECD지표는 선진국 중에서 우리나라의 위치가 객관적으로 어디쯤인지 보여준다. 이 지표에 따르면 우리나라는 국채증가율, 세부담증가율, 저임금노동자비율, 근로시간, 노동유연성, 비정규직비율, 산재사망자, 사교육비, 이혼율, 자살률에서 1위다. 소득격차는 2위다. 그리고 출산율은 꼴찌이다.

이런 나라에서 우리 아이가 크고 있다는 사실이 두렵지 않은가. 도대체 희망이 없다. 2009년 우리나라 전체 자살은 약 1만 5000명으로, 하루 평균 42명이 스스로 목숨을 끊었다. 이중 20~30대가 3800명이다. 특히 젊은이들의 자살은 우리 사회 어느 곳에도 의지할 곳이 없다는 점을 보여준다. 실패하더라도 따뜻하게 보듬어줄 공동체가 망가진 사회에서 젊은이들은 희망을 포기하고, 자살을 선택한다. 이처럼 젊은이들의 꿈이 망가졌는데도 MB는 4대강, 개헌, 종편 나눠주기에만 급급할 따름이다. 세상이 이 지경인데도 MB가 젊은이들의 이런 깊은 절망을 모른다면 무능한 것이고, 알고도 외면했다면 비겁한 것이다. 일국의 대통령으로서 명백한 직무유기인 셈이다.

그러나 MB탓만 하기에는 절망의 깊이가 너무 깊다. 진보진영도 그 책임을 피할 수 없다. 우리 국민 중 스스로 진보적이라고 자처하는 사람이 절반이 넘는 상황에서 지금의 절망을 극복하기 위한 책임있는 대안을 내놓아야 할 의무가 진보진영에게 있다. 과거 권위주의 개발독재 국가나 시장지상주의(자유주의 국가, 최소국가론)는 대안이 될 수 없다. 그렇다면 진보진영의 전략과 비전은 무엇인가.

지난 10년간의 민주정부는 국가주의(개발독재)로 비대해진 국가의 힘을 약화시키고, 시장의 자율성을 확대하면서 새로운 성장동력을 찾으려 했다. 그러나 민주정부 역시 '성장'에 대한 뿌리깊은 강박증에서 크게 자유롭지 못했다. 더욱 문제는 시장기능 확대 과정에서 모든 공적 영역과 공공가치가 급속하게 시장으로 빨려들어 해체되는 현상을 막지 못했다는 점이다. 이런 상황에서 최근 진보진영이 내놓은 대안이 '복지국가'이다. 진보진영이 말하는 복지에는 시혜적 복지에서부터 공정한 재분배를 위한 사회개혁까지 그 스펙트럼이 매우 넓다.

　노무현 대통령은《진보의 미래》를 위한 토론과정에서 공정한 사회를 위한 구조 개혁에 큰 관심을 가졌다. 이는 노 대통령이 양극화, 청년실업, 비정규직화 등 구조적 문제를 해결하지 않은 상태에서 복지 예산만을 늘리는 것으로는 문제를 해결할 수 없다고 생각했음을 보여준다. 노 대통령은 진보란 복지중심 사회이긴 했지만, 그것이 곧 복지예산 확충을 의미한다고 생각하지 않았다. 그에게 복지중심 사회란 우리사회의 구조적 모순을 사회정의의 원칙에 입각해 재편하는 것을 의미했다. 이 지점에서 국가의 역할이 중요해진다. 과거 개발독재 시절 국가가 시장과 성장을 위한 자원동원기제였다면, 복지중심 사회에서 국가는 공공질서, 생존권 보장, 공동체 유지 등을 담당하는 공적 기구로 자리매김해야 한다.

잘못된 질문, '국가냐 시장이냐'

　그러나 국가가 공적 가치와 의무로 무장하더라도 문제는 해결되지 않는다. 권력은 국가에만 있는 것이 아니라, 시장에도 있고, 그리고 종교, 법조, 교육, 시민사회, 지역, 문화 등 다양한 영역에서 존재하고, 나름의 방식대로 작동하기 때문이다. 따라서 국가권력을 획득하기 위한 정당의 운동에 국한해 우리 사회 변화를 파악하려 할 때 문제해결이 어렵다. 기존의 전략들은 모두 이러한 국가중심 전략이라고 할 수 있다. 보수진영과 진보진영은 그 이념적 차이에도 불구하고, 국가중심주의라는 점에서 크게 다르지 않았다.

국가중심주의는 결국 '국가-시장 이분법'을 전제하는데, 이로 인해 국가가 실패하면 시장에 의지했고, 그 시장마저 실패하면 다시 국가를 강화하는 식의 제자리 걸음이 반복된다. 따라서 이런 잘못된 국가-시장 이분법에 뿌리를 내리고 있는 한 진보진영은 새로운 발전전략을 마련하기 어렵다. 노무현 대통령은 《진보의 미래》를 마친 뒤 '민주주의'에 관한 책을 준비했다. 필자와 함께 '진보=복지중심 사회'라는 의제를 주도할 정치적 주체를 어디서 찾아야 할지 토론했다.

노 대통령의 잠정적 결론은 복지중심 사회의 또 다른 축은 광범위한 시민들의 자발적 참여에 의한 '강한 민주주의'일 수 밖에 없다는 것이었다. 이를 노 대통령은 "깨어있는 시민들의 조직된 힘"이라고 표현했다. 이런 맥락에서 노 대통령은 공동체에 관심을 가졌고, 《유러피언 드림》을 탐독했다. 그는 이 책을 통해 유럽이 미국처럼 몇 십년간 신자유주의의 열병을 앓았는데도, 어떻게 공동체적 삶을 유지할 수 있었는가라는 의문에 대한 답을 찾고 싶어했다.

만약 살아계신다면, 필자는 칼 폴라니의 《거대한 전환》을 일

독할 것을 권했을 것이다. 국가의 폭력과 시장의 횡포를 막아내지 못할 때 유럽이 파시즘으로 치달았으며, 이를 막는 힘은 바로 '공동체'에서 나온다는 것이 폴라니의 주장이다. 또 마이클 샌들의 《정의란 무엇인가》라는 책도 추천했을텐데, 이 책은 하나의 공동체가 유지되기 위해 어떤 가치와 철학이 필요한지에 대해 깊은 성찰을 제공한다.

복지국가가 작동하기 위해서는 경제적 토대 뿐만 아니라 시민들의 참여와 이에 근거한 공동체적 기반이 필요하다. 이는 복지국가의 필요조건으로 민주주의가 병행돼야 함을 의미하는 것이기도 하다.

깨어있는 시민들의 조직된 힘

지금 대한민국에는 절망의 문턱에서 자살을 선택하는 젊은이들을 위로하고, 격려할 공동체가 존재하지 않는다. 칼 폴라니에 따르면, 한 사회의 공동체가 무너지면 국가권력과 시장권력이 개인의 삶을 침탈해 파시즘이 등장한다. 국가주의든, 시장지상주의든(최소국가론, 혹은 자유주의), 아니면 복지국가든 개인들의 참여에 근거한 공동체가 보존되지 않으면 개인의 삶은 국가나 시장에 의해 식민지화될 수 밖에 없다. 복지국가 역시 제대로 작동하지 않는다.

잘 알려져 것처럼, 북유럽 복지국가가 잘 작동하는 것은 그 사회 깊숙이 자발적 공동체가 내재하기 때문이며, 복지국가 역시 공동체 내 개인들의 자발적 참여를 통해 작동한다(물론 그 공동체의 구성방식과 성격에 대해선 다양한 논의가 가능하다). 따라서 진보진영도 기존의 국가 – 시장의 이분법을 뛰어넘어 민주주의와 복지의 근간이 되는 공동체를 강화하는 전략이 필요하다. 참여 공동체가 부재한 상황에서 국가 – 시장 이분법에 기초한 국가중심의 전략은 진보적 대안이 될 수 없다.

21세기 정치는 국가권력 획득을 목표로 하는 '정당중심의 정치운동'으로 국한되지 않을 것이다. 21세기 정치는 시민들의 자발적 참여, 밀도있는 공동체에 근거한 시민정치운동이 대세가 될 것으로 본다. 그 성공여부를 따라 국민의 명령도 이런 '밀도있는 참여공동체'를 추구한다.

정당은 정당 외부의 사회운동과 결합해야 한다. 인물교체나 세대교체만으로 정당이 발전하고, 개혁될 수 있다는 생각은 옳지 않다. 그래서 이제 시민정치운동 세력이 형성되고, 이 세력과 정당이 연대하지 않는 한 기존의 인물중심 정당에는 미래가 없다. 인물을 앞세워 한판 승부를 벌이겠다는 로또식 정치는 진보의 대안이 될 수 없다.

이런 점에서 지금 복지를 둘러싼 진보진영의 논의는 한 축이 빠져있는 셈이다. '밀도있는 참여공동체', 민주주의에 대한 논의가 없는 복지국가 논의는 허구이다. 따라서 노무현 대통령이 현재 복지논쟁을 본다면 이렇게 말하지 않았을까.

"당신들 모두 틀렸어!"

(2011. 2. 21)

국가-시장 이분법을 넘어 공동체로

1970년대 말, 시장중심 개혁의 깃발을 내건 영국의 마거릿 대처 수상은 "세상에는 사회(공동체)란 존재하지 않는다. 오직 남자와 여자인 개인들과 가족들이 존재할 뿐이다"고 말했다. 시장 경쟁 속에서 개인은 각자 섬처럼 고립돼 있을 뿐이고, 우리들의 기본적 삶을 공유하고 기댈 수 있는 공동체란 존재하지 않는다는 주장이다. 이처럼 사회의 존재를 부정하고, 개인을 원자화된 단위로 간주하는 관념은 신자유주의의 밑바탕을 흐르는 인간관, 혹은 사회관이다.

나아가 대처의 신자유주의는 영국의 정치전통인 민주주의와 타협, 그리고 복지에 기반한 공동체를 와해시켰고, 모든 것을 시장경쟁으로 대체했다. 이는 미국 레이건, 부시정권을 거쳐 IMF 외환위기 이후 우리에게도 쓰나미로 덮쳤다.

IMF외환위기 이후 시장중심 개혁은 거부할 수 없는 힘이었고, 그 결과 양극화, 비정규직 및 자영업 양산 등 단기간에 해결할 수 없는 구조적 문제를 낳았다. 그리고 이를 해결하기 위해 다시 국가의 역할이 강화돼야 한다는 주장이 제기되고 있다. 국가는 공정하고, 투명한 시장의 조성 뿐 아니라 시장의 폐해를 보완하기 위한 복지 확충에도 적극적으로 나서야 한다는 것이다.

그러나 국가주도의 사후적 복지 확충은 구조적 불평등과 부정의가 존재하는 상황에서 그 효과가 제한적일 수 밖에 없다. 또 복지가 제대로 작동하려면 경제성장 외에 촘촘한 참여공동체가 필요하다. 한국의 경우 복지 확충의 필요성은 분명하지만, 그렇다고 과거 유럽의 복지국가모델이 우리의 대안인지 여부는 논쟁거리다. 특히 성장주의, 개발주의, 시장주의를 넘어 진보가 새로운 대안체제를 마련해야 하는 상황에서 민주주의와 사회발전의 패러다임에 대한 설명없이 복지국가만을 진보적 대안으로 내놓을 수 있냐는 것이다.

요즘 지식사회가 공동체주의에 관심을 갖는 것도 이런 문제의식에서 비롯된 것으로 보인다. 마이클 샌들의 《정의란 무엇인가》가 돌풍을 일으킨 것은 불의한 사회에 대한 비판의식에서 비롯된 측면도 있지만, 한편으론 시장의 탐욕과 분열을 넘어서기 위해 '옳고 그름의 가치'가 통용되는 공동체의 필요성에 대한 자각때문일 것이다.

'국가-시장'의 이분법을 넘어

 이러한 공동체문제를 다른 각도에서 제기한 책이 칼 폴라니의
《거대한 전환》이다. 이 책은 '국가 - 시장' 이분법을 넘어서야
새로운 진보적 대안을 제출할 수 있다고 주장하고 있다. 전통적
관점은 자신들의 전략적 수단을 국가 - 시장 이분법에서 찾았다.
진보든 보수든 국가는 매우 중요한 수단이었다. 보수의 경우 파
시즘적 국가주의가 대표적이다. 과거 좌파에게도 국가는 중요한
변혁 수단이었다. 마르크스주의는 국가를 '계급지배의 도구'로
인식하며 상대적으로 국가를 경멸했지만, 레닌은 사회주의혁명
과 그 혁명의 완성을 위한 지렛대로 국가의 중요성을 부각시켰
다. 또 사민주의는 자신들의 정치적 이상인 복지국가를 건설하
는 방안으로 국가를 이용하고자 했다.
 반면 자본의 세계적 유통에 장애가 되는 국가의 역할을 최소화
하는 것은 물론 국가(혹은 공공)의 영역은 시장으로 대체해야 한
다고 보는 최소국가론은 그 반대인 시장만능론이라고 할 수 있다.
대처는 유럽의 복지국가를 시장(민영화)을 통해 해체하고자 했다.
미국의 레이건, 부시정부는 미국 금융자본의 무대를 전세계로 확
대하기 위한 금융자유화정책을 추진함으로써 부동산투자, 기업
M&A를 통한 금융자본의 이윤극대화를 가속화시켰다. 그 결과
세계적 수준에서 부동산가격이 앙등했다. 그렇다고 미국이나 영

국의 성장률이 복지국가 시절보다 높았던 것도 아니다. 특히 미국 금융자본이 글로벌 투자를 통해 새로운 성장동력을 찾으려 했던 기획은 허구였음이 드러났다. 미국의 최근 재정위기는 이처럼 금융 중심의 신자유주의 기획이 좌초했음을 보여주고 있다. 결국 국가 또는 시장도 세계적 차원에서 제기되는 각종 문제들, 즉 금융위기, 자산가격의 급등락, 개별 국가의 양극화, 고용불안, 민주주의 위기 등에 대해 해결책을 제시하지 못한다는 점이다.

그러나 국가나 시장이 해결의 주체가 될 수 없다는 문제의식은 이미 오래 전부터 제기됐다. 20세기 초, 자본주의 성장과 함께 파시즘 현상을 분석했던 칼 폴라니는 《거대한 전환》에서 어떻게 국가와 시장이 개인의 삶의 영역을 파시즘화했는지 분석했다. 폴라니는 파시즘이란 공동체가 파괴됨으로써 국가와 시장이 개인의 삶을 식민지화한 결과라고 주장했다. 이 책이 한국 지식사회에서 최근 주목을 받고 있는 것은 불황·위기·생존의 시대에 근본적 비판과 성찰을 제공했기 때문이다. 즉 낡은 국가-시장 모델에 의해 우리 시대의 위기와 생존의 문제를 해결한다는 낡은 사고방식에서 벗어나기를 요구하고 있기 때문이다.

국가-시장 이분법을 넘어설 것을 주장하는 또 다른 책은 2009년, 국내 출간된 제러미 리프킨의 《유러피언 드림》이다. 두껍고도 난해한 이 책이 던지는 화두는 '시장경쟁 중심의 사회적 재편이 전세계를 뒤덮었음에도 유럽은 왜 미국과 다를까' 라는 물음이다. 즉 신자유주의의 지배에도 왜 유럽은 진보적 사회로 남아있을 수 있었냐는 것이다.

대답은 국가나 시장이 아니었고, 유럽의 경우 오랫동안 공동체적 뿌리가 잘 자리 잡고 있기 때문이라는 것이다. 유럽을 휩쓴 68년도 학생운동이 정치적으로 실패했지만 문화, 시민, 인권, 환경, 여성운동 등 공동체운동으로 전환했고, 이것이 유럽 사회에서 시장이 개인의 삶을 지배할 수 없는 공동체적 기반을 강화시켰다. 소비에트 붕괴의 원인 중 하나로 공동체의 부재를 지적할 수 있다. 레닌의 '전위당' 중심 혁명은 러시아 내부의 공동체를 해체하고, 철저한 국가동원체제를 건설했지만, 이 과정에서 공동체적 기반을 상실한 채 건설한 국가는 허약할 수 밖에 없기 때문에 소비에트가 붕괴했다고 볼 수 있다.

우리는 어떨까. 가부장적 질서에 의해 우리 삶을 지탱해주던 농촌공동체는 이미 사라졌다. 근대화 초기에 농촌공동체는 일정 부분 동력이 되기도 했지만, 도시화와 함께 박정희정권은 근대화를 추동할 보다 강한 동원체제를 마련하기 위해 새마을운동을 추진했다. 현재 우리 주변에도 향우회, 동창회, 포럼 등 각종 공동체가 존재한다. 문제는 이런 공동체 모임이 우리 삶의 문제를 해결해줄 수 있는 공적 역할을 수행하지 못한다는 점이다. 또 명망가 중심의 시민운동이 없었던 것은 아니지만, 공동체로서의 시민적 참여가 매우 제한적이었던 것이 현실이다.

노대통령이 '국가' 대신 '진보'를 선택한 이유

노무현 대통령도 비슷한 고민을 했다. 노 대통령께서는 퇴임 후 '국가의 역할'에 대해 책을 쓰고 싶어했다. 영광스럽게도 저와 MB정부에서 쫓겨난 국정홍보처 소속의 박사 및 기자들이 매주 1박2일 토론회를 봉하에서 개최했다. 지금 출간된 《진보의 미래》는 그때 녹음했던 대통령의 말씀을 정리, 출간한 것이다.

그런데 왜 '국가의 역할'이 '진보의 미래'가 됐을까. 대통령은 국가라는 수단을 통해 우리 사회를 성장과 경쟁 중심의 사회에서 복지와 공존의 사회로 전환해야 할 필요성을 느끼고 있었다. 그러나 곧 난관에 부딪혔다. 일차적으로 제기됐던 문제가 '보수적 국가주의와 어떻게 구별되는 담론을 만들 수 있느냐'는 것이었다 오늘날 국가는 단순히 집행기능을 중심으로 한 정부(government)가 아니라 시민사회 등의 참여를 극대화한 '거버넌스(협치)'로 전환하고 있는데, 국가를 중심으로 전개할 경우 자칫 과거 국가주의 틀에 갇힐 우려가 있다. 특히 유럽에서 복지국가가 가능했던 것은 오랜 민주적 참여와 공존의 문화가 존재했기 때문이다. 최근 노르웨이가 우익 테러 사건에 대처하는 방식을 보면 우리와 너무 다르다. 우리의 경우 검문검색 강화, 테러 방지를 위한 정보기관 권환 강화, 그리고 대테러방지법 등의 카드를 꺼내들겠지만, 노르웨이는 오히려 더 많은 개방과 더 확장된 민주주의를 통한 관용을 해답으로 제시했다.

이상의 내용을 고려한 결과 '국가' 보다 '진보' 라는 키워드가 더 적합하다고 생각했고, 그래서 결정한 것이 《진보의 미래》였다. 물론 반대도 있었다. 아직 반공이데올로기가 지배적인 우리 사회에서 '진보' 를 의제화하는 것은 시기상조라는 것이다.

진보의 비전, 공동체에서 찾자

우리 사회는 비전의 부재에 빠져 있다. 성장주의, 개발주의, 그리고 시장주의라는 비전만 파탄난 것이 아니다. 낡은 진보의 비전도 시의성과 적절성을 갖지 못하고 있다. 지난 민주정부 10년간 우리는 분열되었다. 민주정부에 대해 전통적 좌파는 '신자유주의' 라고 비판했다. 신자유주의 시대(혹은 보수의 시대)에 진보정부가 가질 수 있는 한계 내에서 우리는 서로 차이만을 부각시켰을 뿐 공동의 비전을 마련하지 못했다.

이제 진보개혁도 새로운 모색이 필요하다. 과거 비주류 소수파로서의 진보개혁이 아니라 주류로서 자기정체성을 찾는 노력이 필요하다. 지금과 같은 절망의 시대에 진보진영이 대중들에게 희망과 대안을 제시해야 한다. 지금 정당통합이 야권의 주요한 과제가 되고 있다. 진보정당들의 통합도 진행되고 있다. 이들 정당간의 통합도 과거 '전통' 에 기반한 분열을 넘어 이런 희망과 대안을 제시해 대중들의 파도같은 참여 속에서 통합을 추구해야 한다. 그러나 아직 진보 통합에서 이같은 새로운 진보의 모색이 논의되고 있다는 이야기를 들은 적이 없다.

필자는 그 대안의 핵심이 '공동체'라고 생각한다. 두가지 점에서 그렇다.

첫째, 과연 '우릴 사회의 개혁적 동력을 어디에서 찾을 것이냐'는 물음과 관련되어서다. 앞에서 지적한 것처럼 국가-시장은 서로 카르텔을 구성해 기득권을 강화해주고 있다.

교육, 법조, 종교, 언론 등 제도권력도 이 카르텔에 결합되어 있다. 정치가 이를 견제하고 개혁하도록 요구했지만 결국 그 카르텔에 편입되고 말았다. 결국 이를 극복하는 것은 더 많은 참여, 더 많은 민주주의를 통해 새로운 세력을 형성함으로써 가능할 것이다. 민주적 참여가 가능한 진보적 공동체가 확장될수록 더 많은 참여와 더 많은 민주주의가 이뤄질 것이다. 특히 21세기는 지난 세기와 달리 정치가 정당중심으로 작동한다고 볼 수 없다. SNS의 발전은 대의제를 위협하는 대신 직접민주주의 요소를 강화할 것이다. 시민들은 과거와 같은 경직된 정당보다 다양한 형태의 정치적 참여를 희망할 것이다.

또 국가와 시장이 개인의 삶을 식민화할 때 무엇으로 우리의 삶을 지켜낼 수 있을 것인가. 여전히 국가나 시장이 개인의 공동체적 삶을 식민화하려는 경향은 사라지지 않을 것이다. 정당도 이런 식민화경향에 대안을 만들어 내지 못하고 있다. 오히려 지금까지 처럼 그 도구로서 작동할 가능성이 있다. 이때 대중들은 새로운 정치적 소통수단을 찾아내고, 또 새로운 가치에 입각한 시민정치조직을 만들어 내려 할 것이다.

둘째, 공동체적 시장경제에 대한 모색이다. 양극화, 비정규직, 자영업 문제를 해결하고, 대기업 중심의 경제정책의 전환을 위해 공동체적 시장경제가 그 대안이 될 수 있지 않을까. 대기업 중심의 정책에서 중소기업 중심으로 전환하는 것은 물론 생협, 소비자협동조합 등 공동체적 경제를 활성화해 기존의 시장경제에 대한 대안모델을 개발할 수 있지 않을까.

공동체 기반의 경제가 성장주의, 개발주의 경제를 대신하는 대안이 될 수 있는지 검토가 필요하다.

한국도 이런 문제의식에 바탕을 둔 진보의 재구성이 요청되고 있다. 정당의 통합도 마찬가지다. 소수당이든 다수당이든 이런 문제의식을 바탕으로 새로운 대안과 비전을 제시하는 경쟁 속에 정당이 통합되어야 역사적으로 의미있는 통합이 될 것이다. 지금 정당 통합은 반MB라는 일시적 전선을 중심으로 이뤄지고 있다. 자기 개혁과 통합 논의에서 진보개혁세력은 '공동체'에 대해 고민해야 하지 않을까. 지속가능한 진보를 위해, 진보개혁세력의 실질적 집권을 위해, 나아가 진보의 재구성을 위해 공동체를 새롭게 생각할 것을 제안한다.

(2011. 11. 11)

4부

문제는 세력교체야

국무회의.
정당통합은 결국 대중의 힘을 통해,
새로운 주체형성을 통해 이뤄져야 한다고
보고 있습니다.

'나는 가수다' 에서
정당통합을 떠올리는 이유

어느날 저녁 늦게 귀가하자 가족들이 저에게 보여줄 녹화물이 있다며 소파에 끌어 앉혔습니다. 그것은 다름 아닌 '나는 가수다' 란 제목의 프로그램이었습니다. 이미 뉴스를 통해 알려진 것처럼 가수 김건모씨의 탈락과 관련된 해프닝을 고스란이 담고 있었습니다.

다 아는 얘기지만, 정리하면 이렇습니다. 가장 선배인 김건모씨가 수 백명의 평가단에 의해 7등 탈락자로 결정되자 한 가수는 "어떻게 내가 좋아하는 김건모씨가 탈락할 수 있느냐"며 항의하고는 "이런 상황에서 왜 진행하고 난리야"라며 퇴장했습니다.

왜 선배는 탈락하면 안될까요? 자기가 좋아하는 가수를 대중이 선택하지 않는다고 해서 왜 문제가 될까요?

게임의 룰 내팽겨친 '나는 가수다'

그 다음부터는 더욱 가관입니다. 한 연예인이 대안이라고 내놓은 것이 더 한심한 것이었습니다. "선배니까 한번 더 기회를 주자"는 것이었습니다. 또 "약간 코믹하게 분장한 것이 평가에 영향을 미쳤기 때문에 진지하게 다시 노래 부를 수 있는 기회를 주자"며 마치 의미있는 대안을 내놓은 것처럼 말했습니다.

모두 고개를 끄덕였고, 김건모씨는 고민했습니다. 그리고 결국 제안을 받아들였습니다. 그 다음부터 참가자들의 말은 손이 오그라들 정도인데, 예컨대 "김건모 선배가 제안을 수락해준 용기가 대단하다", 혹은 "어려운 결정을 했다"며 추켜세우는 식이었습니다. 마치 과거 군사독재 시절 구테타를 칭송하는 지식인들의 멘트를 듣는 것 같았습니다.

지금까지 가수 사회 내부의 질서가 어땠는지는 알 수 없습니다. 그러나 그 내부 질서라고 하는 것도 사회발전의 보편성에 부응해야 할 것입니다. 그러나 이번 사건은 가수사회 내부질서가 현재 우리 사회의 공정성 기준에 크게 뒤떨어진다는 사실을 보여줍니다.

"김건모씨가 다시 떨어지면 어떻게 할건데?"라는 박명수씨의 한마디는 상황의 핵심을 찔렀습니다. 그러나 이에 대해 아무도 신경쓰지 않았습니다.

만약 선거에서 대중이 선택하지 않은 정치인에 대해 "어떻게 선배 정치인이 떨어질 수 있느냐!"고 울고불고 했다면 어떻게 되었을까요? 그리고 선거에서 탈락한 그 후보를 다시 불러 선거를 치르게 하고, 그 선배 정치인이 다시 선거를 치르겠다고 나서는 것을 '역사적 결단'이니 '용기'니 칭송했다고 가정해봅시다. 이런 정치사회를 과연 우리 시민들이 용납할 수 있을까요?

대중의 의지 왜곡하는 상층 정치협상

이는 기본적으로 공정성에 대한 인식이 부재했기 때문입니다. 대중의 선택을 몇몇의 전문가(혹은 가수)들이 뒤집을 수 있나요? 그럴 자격이 있나요? PD와 가수들에게 수 백명의 평가자들의 탈락 결정을 뒤집을 권한이 있을까요?

'나는 가수다'에서 벌어진 이번 사건을 보면서 필자는 최근의 야권연대니 연합이니 하는 일을 떠올렸습니다. 큰 야당이든 작은 야당이든 이미 정당의 기득권을 갖고 있는 만큼 야당의 연대는 그 기득권 유지를 지속시키는 방향으로 나아갈 수 밖에 없습니다. 결국 연대라고 하지만 그 정신은 소멸되어버리고 결국 기존 정당들의 이해관계를 조정하는 일 이상을 해낼 수 없게 됩니다.

경우에 따라 설령 정당통합을 시도한다 하더라도 정당들만의 논의는 기존 정당 외부에 있는 수많은 시민정치 세력은 배제될 수 밖에 없습니다. 이들을 배제한 야당들만의 통합은 의미있는 통합을 가져올 수 없을 것입니다. 세력교체를 통한 정권교체 실현이라는 상식적 경로를 거칠 수 없게 되고, 그것은 결국 대선에서의 승리와 그 이후의 의미있는 집권을 불가능하게 할 것입니다.

이런 두가지 이유로 필자는 정당통합은 결국 대중의 힘을 통해, 새로운 주체형성을 통해 이뤄져야 한다고 보고 있습니다. 국민의 명령에 참여하고 있는 것도 바로 이같은 문제의식때문입니다.

따라서 지금 정당통합이든 연합이든 '상층 정치협상이냐 또는 대중운동이냐' 중에 어느 관점에서 바라보느냐는 매우 중요한 의제입니다. 즉 대중운동을 통해 광범위하게 존재하는 시민정치운동을 활성화시켜 새로운 주체형성을 하고 그것을 기반으로 정당 개혁과 통합을 이뤄내느냐, 아니면 상층 정치협상을 통해 정당의 통합을 추진하느냐는 매우 중요한 전략적 관점의 차이가 있는 것이죠.

문제는 가끔 상층 정치협상은 대중의 결정을 배반하는 선택을 할 수 있다는 점입니다. 특히 오늘날 정당은 대표성의 위기를 겪고 있습니다. 지역주의, 냉전, 그리고 보수언론에 의해 왜곡된 의제선정 등으로 인해 정당의 대표성 위기는 심화되고 있습니다. 정치인들은 그것을 혁파하기보다 그 속에 안주해 그 위기를 확대재생산하고 있습니다. 이런 정당들에 의해 정당연합이나 통합을 기대하는 것은 현실적으로 어려운 일이라 봅니다.

정당정치가 사는 길

진보신당은 "민주당과 연대도, 민노당과 통합도 다 싫다!"는 결정을 내렸습니다.

물론 그 나름대로의 이유가 있겠지만, 제가 주목하는 것은 여론조사에서 당원의 70%가 민노당과의 통합을 원했고, 그것을 결국 대의원들이 뒤집었다는 것입니다. 대부분의 당원들이 통합에 찬성한다는 조사결과는 이미 여러 번 나왔습니다. 문제는 정당 상층부의 사람들이 통합에 적극적이지 않다는 점입니다. 이런 상황에서 상층 정치협상을 통해 야권 통합을 추진한다는 것이 과연 가능할까요?

민주주의는 정당정치가 중심입니다. 그리고 정당정치는 시민 정치운동들이 끊임없이 민주적 방식으로 정당을 통제할 때 비로소 실현됩니다. 특히 정당이 정치운동의 중심에 있었던 20세기와 달리 21세기에는 시민들의 자발적 참여에 의한 시민정치운동이 새로운 정치운동모형이 될 것입니다. 따라서 상층부 중심의 야당통합논의는 기본적으로 제한적이지 않을 수 없습니다. 지금까지 한국 정당사가 보여주듯이 또 다시 시민들의 의지를 왜곡

할 가능성이 많기 때문입니다.

'나는 가수다'를 보면, 가수 사회가 우리 사회의 공정성 기준을 제대로 인식하지 못하고 있음을 알 수 있습니다. 나아가 사회적 발전수준에 따르지 못하는 집단들, 그것도 상층 집단들 사이의 협상과 거래가 우리사회 시민들의 평균적 의식수준에도 못미치는 결론에 도달할 가능성을 배제할 수 없습니다.

감동을 줄 수 없는 것은 물론입니다. 결국 야당이 통합되더라도 그것에 동의하지 않는 수많은 시민정치세력이 정당 외부에 남을 것입니다. 그래서 광범위한 시민정치세력이 형성돼 이들이 정당을 민주적으로 통제하지 못하는 한 야당통합은 또다른 대표성의 위기를 낳게 될 것입니다.

(2011. 3. 29)

2012년, 우리는 승리를 준비하고 있나

필자는 '친노'라는 용어를 기피해왔다. 보수언론이 참여정부
의 가치를 따르는 정치세력들에 대한 부정적 낙인효과를 노려
만든 용어였던 만큼 그들의 프레임이 갇힐 필요가 없다고 생각
했기 때문이다. 그러나 어느덧 자연스럽게 '친노'라는 규정을
나 자신도 큰 저항없이 받아들이게 되었다. 일반적으로도 하나
의 가치로 똘똘 뭉친 정치세력이 존재하는 것처럼 '친노 정치
인'이라는 용어가 자연스럽게 사용되었고, 대통령 서거후 오히
려 그것이 훈장(?)인양 이 용어를 즐겨 하게 되었다.

그러나 정말 이런 표현은 쓰고 싶지 않지만 이제 '친노는 없
다.' 이런 표현에 주저했던 것은 과거 '일본은 없다' 식의 센세
이션한 제목으로 일본을 소개했던 전여옥 한나라당 의원이 생
각났기 때문만은 아니다. 더욱이 그 책이 표절의혹에 휩싸였기
때문은 더더욱 아니다. 우리 속살을 까발렸다는 책임(?)을 뒤집

어 쓰기 싫어서였다. 그러나 이제 말하지 않을 수 없다. 이미 소위 '친노'의 분열은 어제 오늘의 일이 아니다. 애써 "서 있는 위치가 다르더라도 쳐다보는 방향이 같다면, 우리는 동지다"라는 말로 위로했다. 하지만 사실 '친노'가 하나의 가치 정체성을 갖고 그것을 추진하는 단위로서 존립한다고 단언하기 쉽지 않다. 구체적으로 언급하지 않더라도 우리 모두는 이미 잘 알고 있다.

노무현의 시대정신을 대변하고 그 구심적 역할을 하고 있다고 자천하는 사람은 많다. 하지만 시민들은 진정으로 그것을 구현하기 위해 자신을 던지지 않는 우리를 의심하고 있다. 노무현 정신이란, 누가 개인적으로 참칭하거나 전유할 수 없는 것이다. 노무현 자신도 그 정신의 온전한 구현이라 할 수 없을 것이다. 그것은 시대적으로 주어진, 그러나 노무현이라는 역사적 인물을 통해 상징화되었을 뿐이다.

정치가 그 시대정신을 구현하는 중요한 방편임에는 틀림없다. 우리 시대의 시대정신을 구현하기 위한 정치적 노력이야말로 노무현 정신이라 할 수 있을 것이다. 하지만 문제는 단지 노무현과 함께 일했다는 이유만으로 '친노'라고 규정하고, 노무현 정신을 참칭할 수 있는 권리를 갖는 것은 결코 공정하지 않다. 스스로 분열되어 있고, 시대정신에 대한 고민이 부재한 그런 친노라면 이제 존립 가치가 없는 것 아닌가.

상층 정치협상이냐, 시민 참여냐

이같은 결과는 기본적으로 시민의 역동성에 기초해 시대정신을 구현한다는 시민참여의 관점, 시민에 대한 신뢰가 결여되어 있기 때문이다. 또 지금까지 노무현의 가치를 지지하는 범노무현 진영의 세력을 대변하기를 자청하면서 이를 배경으로 정치협상에 매몰되어 왔기 때문이다. 이같은 정치협상은 시민의 참여 공간을 확충하거나 새로운 정치세력을 창출하기 보다 상층부 정치세력들의 이해관계에 따른 분열만을 조장해왔다. 시민에 의한 통제나 참여가 차단된 상층부 정치협상이란 시민에 의해 민주적으로 통제될 수 있는 통로가 제한될 수 밖에 없고, 그 결과는 곧 분열로 나타날 수 밖에 없다는 것은 세계 민주주의 운동의 역사에서 수없이 발견할 수 있다.

정치란 의제를 제시하고, 대중적 참여를 통해 새로운 세력을 형성하고 종국에는 그 세력을 통해 그 의제를 현실화하는 과정이다. 결국 의제제시 → 대중적 참여(소통)형식 창출 → 세력교체가 동시에 발생하는 과정이기도 하다. 대중의 참여와 소통없이 상층 정치협상은 본질적 의미의 정치행위라 할 수 없으며, 그 결과는 우리가 경험하고 있듯이 다름 아닌 분열이다.

필자는 이런 점에서 문성근의 '국민의 명령'에 관심을 갖는다. 물론 목표설정과 그것에 도달하기 위한 전략적 고민이 부족하다는 지적에 동의한다. 그럼에도 그것에 의미를 부여하는 이유는 시민을 새로운 주체로 세워 세력교체을 이뤄야 한다는 고민이 내재되어 있기 때문이다. 지금까지의 상층 정치협상은 시대정신 구현을 위한 대중적 참여 공간에 대한 배려가 부족했던 것이 사실이다.

일각에서는 그것이 너무 심각하고도 불필요한 고민이 아니냐는 의문을 제기한다.

그도 그럴 것이 워낙 MB정부가 헛발짓을 하고 있어 여론이 악화되어 있다. 여론조사에서 MB지지도가 50%를 넘는다고 하지만, 20%정도의 거품이 끼어 있다고 봐야 한다. 전화여론조사 기법상 이미 편중된 여론을 반영할 수 밖에 없는 구조적 문제를 안고 있음에도 불구하고 언론은 밴드웨건 효과를 만들어 내기에 바빴지만, 최근 몇몇 여론조사를 통해 그것이 허구임이 명백하게 드러났다.

더욱이 진보에 대한 선호도도 매우 높아지고 있다. 2010년 6.2 지자체 선거 때 스스로 진보를 자처하는 교육감이 상당수 당선된 것은 물론 최근 여론조사에서도 스스로 진보로 규정하고, 진보를 지지하는 비율이 늘어나고 있다. 심지어 차기정부가 진보개혁 성향의 정부여야 한다는 여론이 반대에 비해 무려 20%포인트 높게 조사되고 있다. 이런 결과는 비정규직, 청년실업자, 자영업자 등이 MB식의 해결방식(성장주의+개발주의)의

한계를 인식하고 실망한 결과라 할 수 있다. 시민들은 MB식 성장주의나 개발주의 대신에 보편적 복지에 더 많은 관심을 갖고 대안으로 인식하고 있는 것으로 보인다.

문제는 복지=진보로 등식화되지 않는다는 것이다. 역사적으로 보면 복지는 오히려 우파의 의제였고(가령 독일의 철혈재상 비스마르크), 실제로도 복지는 우파 정부에서 혁신적으로 도입되기도 했다. 이런 역사적 경험 때문에 필자는 복지=진보로 등식화하는 것에 대해 대단히 우려한다. 복지를 통해 안정적 체제유지가 가능하게 할 뿐 아니라 대중을 대상화함으로써 대중의 참여와 역동성을 약화시킬 가능성이 많았던 것이 역사적 경험이다.

이미 다 알려진 것처럼 2012년 대선에 한나라당의 박근혜 의원은 복지를 주요한 의제로 들고 나올 것이다. '우리 아버지가 경제를 발전시키려 했던 것은 결국 국민들 잘 먹고 잘 살게 하기 위한 것'이며, '아버지가 지금 살아 계시면 복지를 혁신적으로 확충했을 것'이라고 보수세력을 설득할 것이다(남북관계도 마찬가지이다).

이럴 경우 복지는 '대담한 우파'를 위한 좋은 소재가 될 것이다. 하지만 반대로 진보가 여전히 '복지'와 '평화'를 얘기한다고 한들 대담하지도 않고 그런 만큼 감동도 없을 것이다.

물론 복지가 시민들의 정치적 참여를 통해 확충되는 경우는 다르다. 김상곤 교육감의 무상급식과 학생인권조례의 경우가 그렇다. 이 경우 대중의 참여(비록 선거공간이기는 했지만)를 통해 의제가 발전되어 왔다. 이제 이런 의제는 단순히 복지 그 자체에 머무른 것이 아니라 이미 정치적 참여행위가 돼버렸다.

착각하는 사람도 적지 않다. 복지가 진보고, 시장은 보수라고. 이는 기본적으로 국가와 시장이라는 이분법에 고착된 사고이다. 시민들의 정치적 참여가 결여된 복지는 자칫 국가주의 함정에 빠질 가능성이 많다.

문제는 복지든 아니든 한 의제에 대한 시민들의 정치적 참여 공간이 마련되지 않고서는 비록 진보적 의제라 하더라도 제대로 된 의미를 가질 수 없다는 점이다. 시민들이 스스로 새로운 정치적 공간을 개발하고, 이를 통해 새로운 세력을 창출해 결국 정권교체를 이뤄낼 수 있는 기초적 공간을 마련하는데 복지 그 자체만으로 의미있는 결과를 가져올 수 없다. 정치화된 복지, 그것만이 진정한 의미의 진보적 의제가 될 수 있다.

세력교체 없이 정권교체 없다

시민들의 정치적 참여 공간의 확충은 현단계 민주주의 발전에서 매우 중요한 의미를 지닌다. 87년 민주화가 정치제도의 민주화를 이뤄냈다면, 참여의 확충을 위한 '민주주의의 재민주화' 는 현시기 민주주의의 주요한 과제가 아닐 수 없다.

87년 이후 형성된 지역주의 정당은 대표성의 위기를 겪고 있다. 이들 정당 외부에 87년 민주화 이후 세계화, 정보화를 통해 형성된 수많은 사회정치적 세력이 존재하며, 이들은 기존의 정당에서 철저하게 배제되어 있다. 지역적으로도 배제된 진보세력은 더 이상 말할 필요도 없다. 낡은 진보로 포괄되지 않은 자유주의적 진보 또한 여전히 방치되어 있다.

이런 상황을 두고 '배제의 정치학'이라고 한다. 한국 근대사를 보면 정당(제도)정치는 끊임없이 성장하는 시민세력들을 배제하려 했고, 시민들은 혁명적 방식으로 그것을 돌파하려 했다. 4.19가 그랬고 광주항쟁과 87년 민주화 운동이 그랬다.

87년 민주화 이후 지역주의와 분단은 여전히 배제의 정치의 주요한 기제로 작동하고 있다. 특히 민주정부 집권 10년간 민주주의는 실질적으로 진척되었지만, 민주화로 확충된 시민적 공간은 시민의 부재로 언론이 과잉 점유하게 되었다. 보수 언론권력은 시장권력과 더불어 권위주의 국가가 후퇴한 빈 공간을 과점해버린 것이다.

오늘날 한국 민주주의의 위기, 정당의 대표성 위기는 바로 이런 조건에서 야기된 것이다. 정당은 시민들을 과잉대표하고 있는 언론(특히 보수언론)에 의해 끊임없이 정치적 위기, 아니면 정당성의 위기를 경험하게 된다. 보수언론에 도전하면 김대중,

노무현정부처럼 정치적 위기를 겪게 되고, MB처럼 보수언론의 의제에 추종하면 정당성의 위기를 처하게 된다. 정당은 이런 구조 속에 안주하면서 스스로 대표성을 축소해나간다. 즉 오늘날의 정당의 위기, 민주주의 위기는 지역주의와 냉전의 구조 속에서 보수언론에 의해 시민의 정치적 의사가 과잉 대표되고 있는 데서 발생하는 것이다.

문제는 이런 위기(정당과 민주주의)를 정당 스스로 극복할 수 있는 동력을 갖고 있지 못하다는 점이다. 정당 스스로가 대표성의 위기를 겪고 있음에도 불구하고 분단과 지역주의, 그리고 보수언론에 의한 과잉대표라는 삼각 구도 속에 안주하고 있을 뿐이다.

노사모를 넘어, 시민정치 운동으로

시민정치운동이 의미있게 논의되는 이유도 바로 여기에 있다. 정당으로부터 배제된 세력을 새로운 비전과 소통수단을 가진 정치세력으로 형성해갈 수 있는 공간이기 때문이다. 특히 시민의 성장은 불가피하게 정당 영역 이외의 새로운 정치적 공간 창출을 요청한다.

참여정부에서 어설픈 정치적 중립에 얽매여 왔던 시민운동도 이제 그것이 의미없다는 것을 MB정부를 통해 통렬하게 깨닫고 있다. 그렇다고 대표성의 위기를 겪고 있는 정당이 그들이 선택할 수 있는 대안일 수 없다. 시민운동과 정치운동이 결합한 공간, 시민정치운동이 그 대안으로 등장하고 있다.

물론 지금까지 노사모가 있었지만, 시민정치운동으로 발전하지는 못했다. 팬클럽이 가진 높은 자발성과 적극성에도 불구하고, 일상적 의제와 결합된 다양한 정치운동을 개발하지는 못했다. '국민의 명령'의 성공 여부도 시민을 모으는 것에 있지 않다. 보다 중요한 관건은 어떻게 지속가능한 시민정치운동으로 전환하느냐이다.

사람들은 '누군가 한 사람으로 단일화되면 2012년 선거는 이긴다'라고 낙관한다.

MB의 실패가 그것을 보장해준다는 것이다. 그러나 시민들이 정치적 참여가 극대화되지 않는다면, 그리고 시민의 지속적 참여가 보장되지 않는다면 이런 희망은 기대하기 어려울 것이다.

'MB의 실패'라는 조건이 '정치적 주체'를 보장하는 것이 아니다. 역사의 진보는 보다 진보적 가치를 가진 세력에 의해 교체됨으로써 진행된다. 세력의 교체 없이 유리한 조건만으로 결코 승리할 수 없는 것은 물론 정치적 진보를 가져올 수 없다. 이런 점에서 세대교체나 인물교체는 대중을 기만하기 위한 계략에 불과하다.

시민정치운동은 바로 이같은 새로운 비전과 소통으로 무장된 주체를 형성하기 위한 운동이다. 이런 세력교체 없이 정당간의 연합이나 연대는 강제될 힘도 없을 뿐 아니라 무력한 도덕적 구호로만 남게 될 뿐이다.

이렇게 보면 2011년 상반기 시민정치운동의 의제는 다름 아닌 정치개혁, 정당개혁이어야 할 것이다. 특히 헌법 개정과 아울러 행정구역개편과 선거구제 개편을 MB가 공언하고 있다. 내년 봄 아마도 시민정치운동의 정치정당 개혁 운동과 정당들이 주도권을 쥐기 위한 싸움이 전개될 것이다.

이제 다시 운동화 끈을 동여맬 준비를 해야 한다. 기존 정치세력과 정당들의 기득권을 어떻게 시민적 관점에서 극복하느냐가 매우 중요한 과제가 될 것이다. 시민정치운동이 제대로 준비하지 않으면, 향후의 흐름은 정당들의 기득권을 강화시키는 방향으로 진행될 것이다. 그 결과는 2012년의 패배로 이어질 것이 명백하다. 다시 역사의 후퇴와 좌절 속에서 5년의 시간을 보내야 할지, 아니면 새로운 역사를 써야할지 우리가 무엇을 어떻게 준비하느냐에 달렸다.

(2010. 11. 15)

진보가 다시 집권하려면

    필자가 인물교체나 세대교체가 아니라 '세력교체' 여야 한다고 주장한 것에 대해 여전히 애매모호하다는 지적이 적지 않다. 가장 큰 지적은 '어떤 세력에서 어떤 세력으로의 교체냐' 라는 지적일 것이다. 세력교체를 얘기하면서 대안적 세력을 말하지 않는 세력 교체라는 것은 공허하기 때문이다. 당연하고도 일리 있는 지적이다. 비겁하게 보일지 모르지만, 이 질문에 대한 대답은 필자만의 몫은 아닐 것이다. 개념적으로는 정리해 대답할 수는 있을지 모르지만 결국에는 정치적 실천을 통해 실현가능한 대안을 제시해야 하기 때문이다.

    필자가 강조하고 싶은 것은 현 정치정세를 바라보는 관점의 문제를 제기하고 싶은 것이다. 단순히 인물의 출현이나 교체, 혹은 특정 세대로의 교체가 마치 진보개혁 세력의 정치적 위기를 해결할 수 있을 것처럼 기대해서는 안된다는 것이다. 그것은 오히려 현재 국면이 처한 상황의 심각성을 놓치는 기만적 관점이라는 것이다.

필자는 요즘 '다시 진보를 생각한다' 라는 주제로 전국에 강연을 다니고 있다. 이 강연에서 많이 받는 질문 중에 하나가 '다음 대권은 누구여야 하고 누가 가능하겠느냐' 는 질문이다. 물론 필자 또한 빠른 시간 안에 정권교체가 되어 지금과 같은 민주주의와 정의의 퇴행을 저지할 수 있다면 더 이상 바랄 것이 없다. 그렇지만 필자인들 그것을 어떻게 알 수 있단 말인가.

그에 앞서 우리가 스스로에게 던져야 할 질문이 있다. 과연 준비된 세력이 없이 정권교체가 가능할까. 설령 가능하다 하더라도 의미있는 역사적 결과를 이끌어낼 수 있을까. 그리고 진보개혁세력이 한국 정치사회에서 주류로서 지속가능할 수 있을까.

왜 '세력교체' 인가

우리 한국 근현대 정치사에서 두 분의 탁월한 정치지도자가 있었다. 이 두 분이 대통령이 된 것은 세력이 충분히 준비가 되었기 때문이었을까. 미안하지만 아니다. 준비된 세력이 부재한 상태에서 두 분의 탁월한 비전과 정치력으로 대통령이 되어 직무를 수행할 수 밖에 없었다.

하지만 이제 진보개혁 세력이 정치적으로 조직화되지 않은 상태에서 집권은 불가능하다. 과거와 같이 탁월한 정치인이 나와 한 방에 문제를 해결하고 정권교체를 이뤄낼 것이라고 기대하는 것은 대단히 모험적인 사고이다. 설령 집권한다 해도 제대로 권력을 유지할 수 없다. 이미 두 분 대통령 시절 경험한 것처럼 법조, 교육, 지자체, 의료, 시장, 의회, 행정 등 우리 사회의 모든 제도권력, 특히 그 제도권력의 총구 역할을 하는 언론의 공세를 넘어설 수 없다. 나아가 지속가능한 정치세력으로 존립할 수도 없는 것은 물론이다.

문제는 어떤 성격의 정치 세력이냐는 것이다. 어떤 집단이나 조직을 특정화하지 않은 상태로 말하자면, 기존의 정당을 뛰어넘는 새로운 정치적 상상력을 담지한 세력이어야 한다는 것이다. 민주화를 바탕으로 세계화와 정보화를 경험한 새로운 진보적, 민주적 대안세력이어야 한다는 정도로 표현할 수 있을 것이다.

미안한 얘기지만, 기존의 정치세력이 이런 역할을 할 수 있을 것으로 기대하기 어렵다. 개인적으로 민중운동도 그 대안이 된다고 얘기할 수 없을 것이다. 이미 이들로는 새롭게 확장된 정치사회적 공간을 포괄하기에는 그 역사적 한계가 그어져 있다고 보기 때문이다.

핵심은 새로운 소통수단과 정치사회적 비전을 담지하느냐의 여부이다. 토니 블레어나 오바마가 그랬듯이 새로운 세력은 새로운 소통수단과 정치사회적 비전을 가진 세력의 등장과 일정하게 맞물려 있었고, 또 그것을 적극 동원하거나 대변했다.

안타깝게도 현재 야당들은 새로운 소통방식을 제안하거나 우리 사회의 새로운 비전을 제시하지 못하고 있다. 한마디로 기존의 야당들에게서 우리 사회의 아젠다를 찾아볼 수 없다. 특히 필자의 무지 때문인지 야권의 대권주자들에게 과연 어떤 아젠다가 있는지 알지 못한다. 오로지 기존 정당의 이해관계에 매몰돼 새로운 소통방식이나 비전을 제시하지 못하고 있다. .

정확히 말하면, 국민은 새로운 정치적, 조직적 비전을 가진 정당을 희망하고 있다. 통합은 그것을 위한 최소한의 수단일 뿐이다. 물론 정당이 연대, 통합을 하면 국민의 선택이 쉬워질 것이다. 그렇다고 모든 문제가 해결될까. 기존 정당간의 연대나 통합은 진보적 시민운동, 영남의 개혁세력, 정당 외부에서 활동하는 범노무현 진영, 사이버 공동체에서 정치적 역량을 키워가는 진보적 자유주의 세력 등이 여전히 배제된 상태에서 진행될 수밖에 없다.

이같은 기존 정당간의 통합은 지속적으로 대표성의 위기를 산출하게 될 것이다. 나아가 새로운 소통수단과 비전이 부재한 연대와 통합은 결국 각 정당간 이해관계 조정, 혹은 타협을 넘어서지 못할 것이기 때문에, 결국 정당의 대표성 위기는 지속될 수밖에 없을 것이다.

정당 위기와 세력교체

문제는 간단하다. 단순한 연대와 통합이 아니라 새로운 소통 수단과 정치사회적 비전으로 재구조화하는 통합이어야 한다는 것이다. 물론 쉽지 않을 것이다. 그렇지만 이런 재구조화를 통해 세력이 재편, 교체되지 않을 경우 비록 연대, 혹은 통합된 정당 이라 하더라도 위기는 지속될 수 밖에 없다.

문성근의 제안을 전적으로 동의한다. 단 정당의 연대나 통합 이 아니라 새로운 세력을 형성한다는 관점에서 그렇다. 진보적 시민운동, 지역운동과 결합해 새로운 세력을 통해 연대와 통합 을 강제하는 것은 물론 진보적 대안세력 형성을 통해 보편성을 획득해 나갈 필요가 있다는 것이다.

MB를 얼마나 잘 욕하느냐로 대중의 선택을 받을 수 없다. 대 중이 원하는 것은 그 이상이기 때문이다. MB를 죽어라 비난하 는 것도 좋다. 그렇지만 대중은 그것만을 바라지 않는다. 대중은 누가 MB에게 삿대질을 잘하는가를 기준으로 선택하지 않는다. 대중이 희망하는 것은 누가, 어떤 대안을 제시하고 세력을 모아 MB를 넘어서는 사회를 만들 수 있느냐를 기대하는 것이다.

이제 과거처럼 탁월한 지도자 한, 두 사람으로 해결될 수 있는 문제가 아니다. 그 안타까운 결말을 지난 10년간 경험해오지 않 았는가. 새로운 소통수단과 정치사회적 비전을 가진 정치세력의 형성없이 야권의 연대와 통합은 이제 시민들에게 더 이상 감동을 줄 수 없다. 물론 쉽지 않다. 시민운동이 주도하건, 네티즌들의 적극 참여한 정당개혁운동이든 결국 이런 관점을 벗어나서는 바람직한 결과를 가져올 수 없다. 이렇게 뻔한 진실 앞에서 인물교체, 세대교체는 기만일 수 밖에 없다. 현재의 정치적 국면을 세력교체의 관점에서 봐야하는 이유가 바로 여기에 있다.

(2010. 9. 10)

민노당은 이정희, MB정부는 김태호,
민주당은 누구?

　　이정희 의원이 2010년 7월, 공식적으로 민노당의 대표가 되었다. 그녀는 공식적으로 1969년 12월 22일생이니, 만 나이로 이제 막 40을 넘겼다. 투쟁과 과격한 구호로 주도되던 민노당의 역사에 비춰보면 이번 선택은 의외이면서도 신선하게 느껴진다.

　　이런 느낌에는 몇가지 이유가 있을 것이다. 민노당은 투쟁과 남성 중심의 정당이었다. 그 정당에 참여하는 여성들마저 쉿소리를 내는 남성처럼 비춰진 것이 사실이다. 이에 비해 이 의원은 여성적이면서도 철저한 자기 소신과 원칙을 지니고 있는 것으로 평가받고 있다.

민노당은 왜 이정희 의원을 선택했을까

　　또 이 의원이 지금까지 보여준 진정성 때문일 것이다. 민노당이 보여준 지금까지의 정치적 행동양식은 보수정치인들의 그것과 크게 다르지 않았다. 민노당의 정책이나 정치적 행위에서 시민들은 새로움을 느끼지 못했다. 민노당은 젊고 신선한 이정희 의원을 대표로 선택함으로써 기존의 이미지에서 과감히 탈피하려는 노력을 보여줬다. 이 의원은 정치공학적이지도 않고 강하지도 않았으며 오만하지도 않다. 대신 그녀는 겸손했고 일관성 있는 행동으로 대중에게 진정성을 갖고 있는 정치인으로 비춰지고 있다. 이번 민노당의 선택이 신선하게 느껴지는 것은 이같은 이 의원 개인에 대한 평가때문만은 아니다. 오히려 민노당이 지금까지 보여준 분파주의, 그리고 민노총에 대한 의존 등을 고려하면 결코 기대할 수 없는 선택을 했기 때문이다.

민노당에 대해 분파주의와, 민노총에 대한 과도한 의존이 정치적 변화나 선택을 어렵게 한다는 지적이 안팎으로 제기되어 왔다. 그럼에도 이들이 이 의원을 대표로 선택한 이유는 무엇일까. 다양한 분파들의 정치공학으로 인해 이런 결정을 과거에는 기대하기 어려웠던 것이 사실이다. 그럼에도 이들이 이 의원을 대표로 큰 잡음없이 합의한 이유는 무엇이었을까.

현대 정치사에서 '세대교체'는 집권전략의 한 수단으로 활용되어왔다. 대중들의 변화와 개혁의 요구에 부응해 새로운 인적 자원을 충원함으로써 정치적 헤게모니를 장악하려는 것이다. 국내적으로 40대 기수론이 그랬고, 영국의 토니 블레어, 데이비드 케머런도 여기에 해당할 것이다. 미국의 클린턴과 오바마 대통령도 크게 보면 이 범주 속에 포함시킬 수 있을 것이다.

1994년 41세로 영국의 노동당 당수에 올라 3년 후인 44세의 나이로 최연소 수상에 취임한 토니 블레어는 세대교체를 전략적으로 활용한 대표적인 경우라 할 수 있다. 토니 블레어를 통한 노동당의 집권은 1979년 마가렛 대처에게 정권을 빼앗긴지 무려 18년 만에 이뤄낸 정권교체였다. 젊은 지도자를 내세운 노동당의 전략이 그대로 적중한 것이다. 영국 노동당은 집권을 위해 젊은 세대를 길러내기 시작했다. 대처 집권 이후 젊은 정치인들을 키워내 나름대로 역할을 부여했다. 그 과정에서 원로들은 자신들의 기득권을 포기하고, 이들이 정치적으로 성장할 수 있도록 배려했다. 토니 블레어의 등장은 치열한 정치투쟁의 결과물이라기 보다는 노동당의 합리적 선택의 결과였다.

영국 보수당의 데이비드 캐머런 영국 총리(44)도 대표적인 사례다. 지난 5월6일, 영국 총선에서 보수당은 13년 만에 노동당을 누르고 제1당이 됐다. 그 결과 캐머런 당수는 지난 200년 역사에서 가장 젊은 총리로 등장했다. 그가 보수당의 새로운 기수로 뽑힌 것은 2005년 12월, 이때 나이가 39세에 불과했다. 당연히 능력에 대한 비판도 이어졌다. 토니 블레어 총리의 노동당 정권에서만 무려 4명의 당수를 교체할 만큼 리더십의 위기를 겪고 있었던 보수당의 궁여지책이라는 평가를 받기도 했다. 그러나 캐머런 총리는 단지 노동당의 '실정'에 대한 반사이익으로 총리직에 오른 것이 아니었다. 과거 대처리즘으로 대변되던 보수당과 달리 스펙트럼을 넓혔다. 아동복지와 노령 은퇴자 빈곤 문제 등 복지 문제로 보수의 영역을 넓혔다. 젊은 네티즌들과의 소통을 통해 정치적 힘을 키워나갔다.

그는 자신에 대한 우려를 비웃기라도 하듯 당 지지율을 집권 노동당보다 20% 이상 더 끌어올리면서 5년간 당을 이끌었다. 당수로 선출된 직후 50대의 블레어 총리를 구시대 인물이라고 비판하면서 보수당에 '젊고 신선하다'는 새로운 색체를 입혔고, 좌충우돌하던 당을 정비해 집권의 토대를 닦았다.

한나라당은 아바타 총리를 통해 '세대교체' 중

이런 흐름에 영향을 받아서일까. 최근 이명박 정부가 김태호 전 경남지사를 총리로 내정함으로써 '세대교체'의 바람을 몰아가고 있다. 이번 개각은 총리 이외에는 결코 새롭고 젊은 인물이라 평가할 수 없는 인선이다. 특히 인턴 아바타 총리를 배후조종할 이재오 특임장관의 임명이 눈에 띈다. 그럼에도 정부여당이 '젊은 보수'로의 세대교체로 몰고 가려는 이유가 무엇일까.

이들의 문제의식은 여러 곳에서 노정되고 있다. 여의도 연구소가 내놓은 관악구청장 선거에서 패배한 원인을 분석한 보고서가 의미심장하다. 과거 아파트를 많이 지어 분양하면 그만큼 보수가 늘어난다는 가정은 이제 수정되어야 한다는 것이 보고서의 핵심이다.

오히려 원룸의 증가가 전통적 보수 기반을 위협하고 있다는 것이다. 그 밑바탕에 청년실업와 양극화, 주택문제가 깔려있는 이들의 삶에서 전통적 보수의 동원기제가 작동하지 않는다는 것이다.

이재오 특임장관의 재수생과 취업생에 대한 발언도 우발적인 것이기는 하지만, 전체 맥락에서 심상치 않다. '재수생은 농촌이나 공장으로 가라', '대졸 취업생은 중소기업서부터 시작해야 한다'는 홍위병식 발언은 청년을 분노케 하기에 충분하다. 하지만 중요한 것은 이들이 보수적 맥락에서 이 문제를 정치적으로 고민하고 있다는 점이다. 비록 극우적이기는 하지만, 이들이 문제를 고민하고 있다는 점이다. 물론 세대 교체가 이같은 청년실업 문제를 해결해주는 필요충분 조건이 되지는 못할 것이다. 그럼에도 보수세력, 좁게는 이명박 정부는 이 문제를 정치적으로 접근하려는 고민을 하고 있다는 점이다.

그럼 민주당은?

그러면 야당은 어떤 준비를 하고 있는가. 지난 지자체 선거 중에 어느 언론사 간부가 필자에게 다음과 같이 말했다. "민주당은 이미 노쇠해 보인다." 그것이 압축적으로 드러난 것이 바로 은평을 보궐선거였다.

분명, 민주당에는 386세력도 있고, 연령대로 보면 한나라당에 비해 상대적으로 젊은 정치인들이 더 많이 있을 것이다. 그러나 문제는 사람들이 민주당을 '고리타분하다'고 보고 있다는 것이다.

솔직히 얘기하자. 국민들은 현재의 야당에서 새로운 대안 엘리트가 등장할 것이라고 기대하지 않는다. 현재의 야당이 진정으로 비정규직과 양극화, 청년실업에 대해 고민하거나 서민문제에 대한 진보적 대안을 찾으려 한다고 생각하지 않는다.

한나라당처럼 원룸세대들이 바로 그 핵심이라고 짚어내어 그들의 고민과 문화를 진보적 방식으로 해석하려는 것도 아니며, 새로운 소통과 삶의 양식과 문제상황을 정치적으로 의제화할 수 있는 방안을 고민하지도 않는다고 생각한다.

그저 4대강이나 미디어 악법 반대나 정권심판과 같은 거대 의제를 만병통치약으로 써먹고 있을 따름이다. 당연히 4대강과 미디어 악법을 반대해야 하고 정권을 심판해야 한다. 그러나 이것이 자칫 이런 의제의 뒤에 숨어 해결해야 할 수많은 생활정치적 의제를 외면하려는 무사안일함으로밖에 비춰지지 않는다면 지나치게 억울한 일일까.

그렇다고 영국의 노동당이나 보수당 처럼 새로운 대안 엘리트 세력을 키워내기 위한 합리적 시스템을 갖추고 있는 것도 아니다. 오히려 이번 은평을의 경우처럼 새로운 엘리트 충원을 의도적으로 가로막고 있다고 보고 있는 것이 시민들의 공통된 생각이다.

세대교체가 요즘의 젊은 세대의 문제를 자동적으로 해결하지는 못한다. 특히 오늘날과 같은 세대의 문제가 계층의 갈등과 깊숙이 착종되어 있는 상황에서는 더욱 그렇다. 정확히 말하면 사회구조적 문제가 이들 세대에게 집중되어 있을 뿐, 이들만의 문제가 아니기 때문이다. 특히 젊은 세대의 문제가 과거처럼 단순히 문화나 소통의 문제가 아니라 생물학적 생존과 사회적 존립의 문제(청년실업, 비정규직, 주택문제 등)이기 때문에 더욱 그러하다.

그런만큼 이들 세대는 스스로 세력화하고 있고, 우리 사회의 세력교체를 요구하고 있다. 문제의 핵심은 단순한 세대교체가 아니라 '세력교체'인 것이다. 이들은 나이로 자신들을 대변할 사람을 찾고 있는 것이 아니다. 과거와 달리 한 두사람의 얼굴마담 교체로 자신들의 문제가 해결될 수 없다는 사실을 잘 알고 있기 때문이다. 한나라당이든 민주당이든 상관없다. 세계화, 정보화, 민주화라는 조건에서 자신들의 사회경제적 삶을 대변할 수 있는 정치세력을 요구하고 있는 것이다.

물론 세력교체를 통해 요구되는 새로운 대안적 엘리트들은 과거 진보개혁 세력과 동일시 되지 않는다는 것을 명백하게 인정하자. 우리는 오랜 민주화 운동을 거쳤다. 그러나 억울하지만 반독재 투쟁이라는 낡은 형식에 길들여진 정치행위로는 현재의 삶의 문제를 정치화할 수 없다는 점을 인정하자. 투쟁을 중심가치에 놓았던 방식으로는 이제 대안을 요구하는 가치에 부응할 수 없음을 인정하자. 보수 언론들은 이를 의제화해 '젊은 세대의 보수화'로 몰아갔다. 물론 보수화는 아니라 하더라도, 진보의 양식이 변화하고 있는 것은 사실이다.

민주당을 비롯한 야권 주변에 있는 정치인, 혹은 정치 예비군들이 이런 새로운 대안 엘리트로서 충분한 자격을 갖추고 있는지 성찰할 필요가 있다. 지금까지 민주화 운동을 해왔고 또 정치를 이끌어온 사람들로서야 억울하기 짝이 없지만, 스스로 과연 미래 대안 엘리트가 될 수 있는지 고민해보기를 권유한다.

최근 야권통합과 개혁의 문제가 정당 외부에서 논의가 활발하게 전개되고 있다. 또 어떤 경우는 직접 그것을 추진하기 위한 조직적 활동을 시작하는 경우도 있다. 그러나 그에 앞서 '그것이 과연 새로운 대안 엘리트를 창출할 수 있을 것인가'를 고민해야 하지 않을까.

(2010. 8. 9)

다시 세력교체를 생각한다

2010년 8월 말, 김태호 총리 후보자가 국민들의 따가운 시선을 버텨내지 못하고 사퇴했다. 신재민, 이재훈 장관 후보자도 함께 사퇴했다. MB는 자신에게 어울리지도 않는 '공정한 사회'를 거들먹거렸지만, 정작 꺼내든 카드는 '썩은 카드'였다. 접지 않을 도리가 없었을 것이다.

이번 사태의 핵심은 MB식 세대교체의 실패라는 점이다. MB는 세대교체(인물교체)를 통해 한나라당의 정치적 재편을 꿈꾸었는지 모르겠다. 그리고 어울리지도 않는 '공정한 사회'를 들먹여 새로운 옷을 입히려 했을지 모른다. 그러나 결과적으로 새 인물은 MB의 아류에 불과했다. 이는 세대의 차이에도 불구하고 우리사회 기득권의 DNA 속에 부도덕성과 불법성이 녹아 있다는 현실을 적나라하게 보여줬다. 결국 세대교체의 실패는 새 얼굴마담이, 구세대의 인물과 크게 다르지 않았기 때문이다.

현재 우리 사회가 요구하는 것은 단순한 인물교체가 아니다. 그렇다고 세대교체라고도 할 수 없다. 이미 우리 사회는 1987년 6·29선언 이후 민주화과정을 통해 사회구성이 급격히 변하고 있다. 그리고 1990년대 세계화는 우리가 원하든 원하지 않든, 우리의 사고방식과 생존형태를 급격히 변화시켰다. 2000년 이후 정보화는 문화와 생활양식을 근본적으로 바꾸어 놓았다.

이같은 변화는 단순히 계급이나 세대의 문제로 수렴되지 않는다. 중요한 것은 세대가 아니라 '누가 대중들의 변화된 사회적 생활양식을 정치적으로 수렴할 수 있느냐'이다. 여든 야든, 진보든 보수든, 젊은 세대라 하더라도 이미 기득권화되거나 타락한 경우를 수없이 볼 수 있다. 이런 복잡성을 고려하지 않고, 과거와 같은 단순히 인물교체나 세대교체는 실패할 수 밖에 없다. 그래서 현재 우리사회에서 궁극적으로 요구되는 것은 세력교체이다. 1987년 민주화 이후 새롭게 형성된 사회적 생활양식을 반영할 수 있는 사회집단들이 새로운 정치주류로 등장하는 세력교체가 요구되는 것이다.

정당의 대표성 위기

최근 70년대 중반 대학을 다니며 민주화 운동에 참여했던 사람들이 모여 향후 야권의 연대와 통일, 그리고 개혁에 대해 토론했다. 김호기 교수(연세대, 사회학)와 조희연 교수(성공회대, 사회학)가 발표를 했다. 김 교수가 민주당을 포함한 야권연대와 통합을, 조 교수는 일단 민주당을 제외한 진보정당들의 연대와 통합을 제안했다.

토론에서 '진보' 개념부터 도마에 올랐다. 이론적 논란은 의외로 싱겁게 끝났다.

"소비자가 모두 진보라고 생각하는데, 공급자가 아니라고 우기는 게 무슨 의미가 있느냐"는 누군가의 반문에 청중들이 웃음으로 동의하면서 논란이 끝나버린 것이다. 민주당과 참여당의 관계에 대해서도 논란이 있었다. 그러나 참여당을 대표해 참석한 천호선 최고위원이 핵심을 짚어냈다.

"이 자리에 모인 분들, 70년대 중반에 학생운동을 하셨던 분들인데, 지금 고민은 50을 넘어 정치사회에 진입하고자 하지만, 마땅한 공간이 없다는 것 아닙니까? 그 공간을 마련할테니 참여당으로 오십시오. 모두 환영하겠습니다."

모두들 핵심을 찌른 제안에 유쾌한 웃음으로 토론회를 얼추 마무리했다. 또 최근 시민운동 지도자들이 야권의 연대와 통합의 문제를 논의하는 자리를 가졌다. 지난 6·2지방선거의 경험을 2012년 총선과 대선으로까지 연장할 수 있는 방안이 무엇인가를 놓고 열띤 토론이 벌어졌다. 그 밑바탕에는 정치운동과 분리된 시민운동의 한계를 인정하고, 적극적으로 그 연결고리를 찾자는 공감대가 있었다. 이와 함께 최근 영화배우 문성근씨가 제3지대 야권단일정당운동을 추진하고 있다.

네티즌들을 중심으로 백만 당원을 모집해 야권 정당들의 개혁과 통합을 요구하겠다는 것이다. 오마이뉴스에 실린 인터뷰의 제목은 '유쾌한 100만 민란 프로젝트로 정치 뒤엎자' 였다.

이같은 움직임은 크게 세 가지 흐름으로 나타나고 있다.

첫째, 시민운동세력이다. 이들은 범진보진영에 속하지만, 기존 민중운동과 구별된다.

기존 민중운동단체들은 민노당을 창구로 해서 나름대로 자신들의 정치적 요구를 관철할 수 있었다. 그러나 1990년대 이후 등장한 시민운동은 이제 정치운동과 어떤 방식으로 결합해야 할지 새로운 고민에 부딪히고 있다. 이들은 시민운동과 정치운동의 새로운 관계정립을 통해 정치세력화를 추구하고 있다.

둘째, 자유주의적 진보세력이다. 이들은 주로 정보화를 통해 형성된 사회세력으로, 기존의 원리주의적 진보세력과 구분된다. 범노무현 진영으로 부를 수 있는 이들은 지금 정당의 외곽에서 정당개혁을 요구하거나, 새로운 정당운동을 시도하고 있다. 문성근씨의 '제3지대 야권단일정당운동', 참여당, 민주당 개혁세력이 여기에 해당될 것이다.

셋째, 영남지역 진보개혁세력이다. 이들은 지역주의 정당구조의 최대피해자라고 할 수 있다. 호남지역 진보개혁세력이 기존 민주당이나 민노당 등을 통해 제한된 범위에서나마 정치참여가 가능했던 반면 영남지역의 시민운동, 노동운동 등은 아예 정치적 출구 자체가 봉쇄됐다고 해도 과언이 아니다. 이들은 지역주의의 덫에서 벗어나지 못하는 한 정치참여 및 세력화가 불가능하다는 심각한 고민에 빠져있다.

이외에도 정치적으로 조직화되지 않는 다양한 사회적 흐름이 존재한다. 이들은 조직적 형태를 갖추지는 못했지만, 기존 정당의 개혁을 요구하는 일정한 사회적 흐름을 형성하고 있다. 문제는 기존의 정당이 이런 변화에 눈감고, 오히려 기득권에만 집착한다는 점이다.

이처럼 변화를 요구하는 사회적 흐름과 이를 배제하고, 기득권에 집착하는 기존 정당 사이의 갈등에서 정당의 대표성 위기가 발생한다. 이 위기는 민주당에서 더욱 심각하게 나타나고 있다. 이는 민주당의 역사와 야권 내 다수파라는 현실을 감안할 때, 어쩌면 당연한 것일지도 모른다.

'87년 체제'의 위기는 과거 민주화운동이 산출한 비전과 리더십이 이제 더 이상 보편적 정당성을 갖기 어렵다는데서 비롯됐다. 특히 세계화, 정보화를 통해 형성된 새로운 정치주체들의 정치적 요구를 기존 정당이 수렴하지 못함으로써 정당의 대표성 위기가 심화되고 있다. 어느 경우든 지역주의 정당은 이런 변화를 수용할 수 있는 내적 구조를 만들지 못했으며, 이에 따른 대표성의 위기를 극복하기 위해 야당에 대한 개혁과 연대의 요구가 분출하고 있다.

김대호 사회디자인 연구소 소장의 지적처럼 민주당이 한국사회에 대한 책임을 느끼는 제대로 된 정당이라면 이번 전당대회에서는 이러한 대표성의 위기를 어떻게 극복할 것인가를 놓고 치열한 논쟁을 벌여야 한다. 그러나 지금의 민주당을 보고 있으면 이러한 기대조차 사치스럽게 느껴진다.

그렇다면 과연 연대와 통합이 정답일까. 연대와 통합만 되면, 대표성의 위기를 넘을 수 있을까. 현재 정당의 바깥에는 민주화, 세계화, 정보화를 거치면서 성장한 새로운 정치주체들이 존재하고 있다. 이들을 제외하고 기존 정당끼리의 연대와 통합만으로 새로운 리더십과 대표성을 창출하는 것은 불가능에 가깝다.

문제는 역시 세력교체다

필자는 지금 필요한 것은 새로운 얼굴마담이 아니라 '세력교체'라고 주장해왔다. 이에 대해 몇몇 분이 댓글을 통해 '어떤 세력으로 어떤 세력을 교체하자는 것이냐'고 질문했다.

대표성의 위기는 얼굴마담을 젊은사람으로 바꾼다고 극복되지 않는다. 기존 정당끼리의 연대와 통합도 정답은 아니다. 기존 정당의 바깥에서 새로운 역사적 경험을 쌓아왔고, 이를 통해 새로운 정치적 상상력을 가진 세력에 주목해야 한다. 이제 MB식의 얼굴마담 바꾸기나 세대교체로는 대표성의 위기를 극복할 수 없다. 그렇다고 단순한 야권 연대와 통합으로 새로운 리더쉽이 창출되지 않는다. 새로운 정치적 상상력을 가진 세력들이 중심이 돼 새로운 정치문화와 양식, 리더십을 만들어가야 한다.

문제는 연대와 통합의 차원을 넘어서는 새로운 리더십의 출현이며, 이를 통한 정치세력의 교체이다. "바보야, 문제는 세력교체야!"

(2010. 8. 30)

박원순의 승리, 시민의 반격이었다

우여곡절 끝에 박원순이 크게 승리했다. '우여곡절'이라는 토를 단 것은 초반에 쉽게 이길 것으로 예상했던 선거가 중반부터 전략적 판단착오로 한나라당을 결집시켰고, 한때 아슬아슬한 시기도 있었기 때문이다. 결국 7%라는 큰 차이로 범야권이 승리함으로써 이번 선거의 전략적 목표는 달성했다. 물론 어떤 선거든 완벽하게 만족스러울 수는 없겠지만, 그럼에도 이번 선거에서 꼭 짚고 넘어가야 할 아쉬운 부분이 적지 않다. 현재의 정치적 정세, 특히 시민들의 좌절과 분노가 극에 달한 시점이라는 점을 고려하면 더욱 그렇다.

프레임에서 지고, 선거에서 이겼다

전략적 착오는 크게 두가지였다. 첫째, 명백한 정치적 선거를 정책선거로 축소시켰다는 점이다. 이번 선거는 무상급식을 거부한 오세훈 전 시장의 오기가 불러온, 예정에 없던 선거였다. 이런 점에서 무상급식 거부라는 한나라당의 반시민적 행태와 정책 실패에 대한 분명한 심판이 필요했다. 아울러 이번 선거는 MB정부에 대한 심판의 성격을 지닐 수 밖에 없는 선거였다. 99%의 희생을 기반으로 하는 1%의 탐욕이 전세계적으로 비판되고 있는 이 시점에서, MB정부의 부자정치에 대한 국민적 분노와 좌절은 극에 달해 있었다.

이런 시점에서 단순히 시민행복을 위한 각론적 정책들이 얼마나 설득력이 있었을까. 시민들의 안중에 각론들의 논의가 들어올 리 없었다. MB정부를 심판하고, 그것을 넘어서는 비전을 요구했다. 그럼에도 선거캠프는 각론에 집착했다.

둘째, 한나라당의 네거티브 프레임에 갇혀 정작 중요한 MB 심판이라는 프레임을 살려내지 못했다. 학력이나 병력에 대한 네거티브공세에 대해 '한나라당이 그런 비판을 할 자격이 있나' 식으로 '똥묻은 개, 겨묻은 개' 논법으로 대응했다. 대변인 브리핑이라는 것도 대부분 한나당이 지적한 의혹을 해명하기에 바빴다.

문제는 이런 식의 대응이 한나라당의 프레임을 더욱 강화시켜줬다는 것이다. 조지 레이코프의 〈코끼리를 생각하지마〉가 가르쳐주고 있는 것도 바로 이 점이다. 새로운 의제를 만들지 못한 채 상대가 제기한 의제를 중심으로 해명하고 반박하는 방식으로 대응하면서 프레임전쟁에서 지고 말았던 것이다.

박원순의 승리인가, 안철수의 승리인가

그러나 박원순의 승리는, 후보와 상관없이, 시민들이 한나라당과 MB심판이라는 프레임에 충실한 결과였다. 어느 신문의 심층 조사에서 나타난 것처럼 '박원순 후보가 만족스런 것은 아니지만, 나경원이 당선돼서는 안 된다'는 시민들의 판단이 작용했다.

언론은 주로 안철수효과를 지적한다. 어떻게 보면, 안철수는 최소한의 제스처로 정치적 효과를 극대화했다. 이번 서울시장 선거에서 안철수는 최대의 정치적 수혜자라고 할 수 있다. 단 한 번의 출현으로 선거에 결정적 영향을 미쳤다는 언론의 평가와 함께, 본인의 의사와 상관없이 박근혜의 대항마로 자리매김할 수 있었기 때문이다. 물론 안철수의 영향이 없었다고 할 수는 없지만, 그것이 이번 승리의 결정적 원인이었다고 볼 수는 없다. 이같은 인물 중심구도는 흥미 극대화를 위한 저널리즘의 관점일 수 있다.

그러나 그것은 과학적 설명은 아니다. 이미 시민들은 박원순을 지지함으로써 반 한나라, 반 MB를 명확히 할 것을 충분히 준비하고 있었기 때문이다.

어느 언론의 지적처럼 '안철수'의 실체는 모호하지만, '안철수현상'의 실체는 명백히 존재한다. 즉 정당을 포함한 우리 사회 상부구조에 비판적이며, 기득권 카르텔의 해체를 요구하는 광범위한 시민정치세력이 존재한다는 것이다. 그것이 자연스럽게 '안철수'라는 자연인을 통해 표출됐으며, 만약 자연인 '안철수'가 이를 담지할 수 없다는 판단이 서면 시민들은 새로운 인물을 찾게 될 것이라는 것이다.

박원순이 안철수에게 마지막 순간, 손을 내민 것은 스스로 안철수를 대신해 기존의 정당정치의 해체를 요구하는 시민정치세력들의 분노와 좌절을 담지하는 주체로 나서는데 그리 성공하지 못했음을 간접적으로 보여주는 것이기도 하다. 그 결과, 어려운 선거운동의 성과를 고스란히 안철수에게 넘겨주고 말았다는 정치평론가들의 설명을 부인할 수 없게 되었다.

누가 청년들의 고민에 다가간 적이 있나

이번 선거에서 안철수가 새로운 정치공간, 새로운 정치주체를 창출하는데 결정적 기여를 했다는 점은 높이 평가받아야 한다. 기존처럼 이념과 지역에 의해 포착되지 않았던 정치공간, 특히 SNS를 기반으로 하는 시민정치세력을 정치의 중심으로 끌어낸 공로는 한국정치사에서 높이 평가받아 마땅하다. 안철수의 등장, 그리고 박원순의 당선을 흔히 과거 무소속 후보와 비교해 설명하기도 한다. 이들이 과거의 무소속 후부와 다른 것은 과거와 달리 배후에 시민정치세력이 실체로 형성되고 있다는 점이다. 1% 지배 카르텔의 야합, 그리고 이들을 견제하지 못하는 정당에 대해 의문을 제기하면서 새로운 소통방식을 창출해 기존의 정당 구조를 위협하는 새로운 시민정치세력이 그들이다.

이들이 결집하게 된 동력은 '위로(慰勞)의 정치'였다. 아무도 관심갖지 않았던 젊은 세대를 위로한 것이 안철수였다. 안철수는 청년들과 대화하면서 그들을 위로하고, 공감을 이끌어냈다. 이것은 '공감(共感)의 정치'라고 하는 새로운 소통방식을 시도한 것이기도 하다. 과거처럼 비난와 비판, 음모와 전략, 지역과 이념이라는 전통적 화법이 아니라 청년들의 현실을 직시하고, 그들의 좌절과 분노에 공감하는 정치였다. 과거같이 분열과 대립을 기본 축으로 하는 전통적 정치행위들과 명백하게 다른 정치행위인 것이다.

공감은 서로의 삶에 깊이 참여해 들어갈 수 있는 수단이다. 공감은 또한 우리 공동의 현실을 만드는 수단이다. 더 많이, 더 깊이 공감할수록 더 많은 참여가 이뤄지며, 그만큼 우리가 참여하는 현실에 대한 이해의 폭도 넓어진다.

공감은 다른 사람과 평등한 지위를 인정하지 않으면 불가능한 인간적 행위이다. 타인의 존재를 긍정하지 않으면 공감은 불가능하다. 청년들은 자신들과 같은 눈높이에서 평등하게 공감하는 대화를 원했고, 이를 받아주는 '공감의 정치'를 요구하고 있다.

'위로의 정치'란 다름 아닌 이같은 '공감의 정치'가 가져온 정치적 결과일 따름이다. 평등한 위치에서 서로의 존재를 긍정하는, 그래서 함께 그들의 현실을 공유하는 '공감의 정치'를 통해 청년들은 위로를 경험하고 있는 것이다.

대화는 서로의 공감을 확인하는 도구이다. SNS는 기존의 정치적 담론이나 대화와 구별되는 새로운 형태의 공감을 만들어내는 언어를 창출했고, 오프라인에서 '청춘콘서트'라는 새로운 공감의 영역을 만들어가고 있다.

'안철수현상'으로 표현되는 오늘날의 새로운 정치현실은 바로 이런 공간이 창출한 결과이다. 이런 공간의 역할을 폄하한다면 앞으로 전개될 정치현실을 제대로 파악하지 못하게 될 것이다. 일부 정치학자들은 '안철수현상'이 가진 탈정당적 경향을 우려하기도 한다. 그러나 탈정당정치 현상은 안철수의 책임이 아니다.

그것은 기존 정당들이 책임져야 할 일이다. 대신 거꾸로 질문해야 한다. "정치인 누가 청년들의 고민에 귀기울여준 적이 있는가" 누가 '너도 아프냐, 나도 아프다'며 위로하고 공감한 적이 있는가.

'공감정치'에 대해 생각해보기

　제러미 리프킨은 '공감의 정치'가 중심이 되는, '공감능력'이 가진 존재론적, 사회정치철학적 함의를 담은 〈공감의 시대〉(민음사)를 썼다. 2008년 미국 대통령 선거를 맞아 민주당 지지자들에게 대통령 후보에게 가장 중요한 자질이 무엇이라고 생각하느냐는 질문을 던졌을 때 이들은 바로 '공감'이라고 답했다. 리프킨에 따르면 '공감'이란 서로의 존재를 평등하게 인정하고 너에게서 나의 일부를 확인하고 너는 내 안에서 너의 일부를 확인하는 '진정성'을 확보하는 행위이다. 인간은 서로의 존재를 인정하고 이해하며, 공감한다. 공감은 참여를 가능케 한다. 따라서 '공감'은 정치나 역사에서 중심적 역할을 한다.

　리프킨은 이같은 존재론을 바탕으로 새로운 정치철학적 비전을 제시한다. 공감의 정치가 기존의 승자와 패자, 내 것과 네 것이라는 소유를 약화시킬 것이라 예언했다. 인간조직도 수직적 위계질서에서 수평적 공감과 네트워크 질서로 재편된다고 주장한다. 나아가 이런 공감의 참여는 세계시민을 창출한다. 리프킨은 철학이나 정치학에서 상대적으로 소홀히 다뤄져 왔던 '공감'을 세계의 중심적 위치에 놓으려 했다. 과학이라는 이름으로 구조와 결정의 프레임으로 정치현상을 설명해왔던 기존의 방식도 급격히 변화할 것이라 예언했다.

'위로의 정치'에서 '책임의 정치'로

한때 타인으로부터의 인정을 위한 투쟁, 즉 '인정투쟁'이 우리 정치의 중심에 선 적이 있었다. 배제와 차별, 타자로부터 존재론적 무시가 우리 정치의 주요한 갈등구조를 만들어 냈기 때문이다. 노동과 자본 사이의 갈등 속에도, 도시와 농촌 간의 불균형 속에도 이같은 '인정투쟁'의 요소가 내재되어 있었다. 우리에게 '인정투쟁'에 불을 붙였던 것은 미군탱크에 깔려죽은 여중생들이었다.

이 사건은 한반도에서 미국과 한국간의 불균등한 관계에 대한 인식을 확장시켰고, 정서적 저항을 불러왔으며, 곧 인정투쟁으로 전환했다. 과도한 해석일지 모르지만, 월드컵에서 보여준 집단적 응원도 이같은 '인정투쟁'의 한 현상으로 볼 수 있을지 모른다. 월드컵이 단순한 축구게임이 아니라 타자로부터 인정받고 평가받는 과정이자 계기로 인식됐다. 그리고 많은 설명이 필요하지만, 노무현정치의 핵심도 이같은 '인정투쟁'이라 할 수 있다. '사람사는 세상'이 그렇고 '개천에서 용나는 세상'이 그렇다.

기본적으로 노무현의 당선 자체가 '인정의 정치'의 표현이라 할 수 있다. 기득권 카르텔에 저항해 서민들의 목소리를 정치화했던 노무현정치를 관통하는 것은 바로 '인정의 정치'였을 것이다.

그러나 이제 우리 정치를 관통하는 것은 '위로의 정치' 또는 '공감의 정치' 이다. 그러나 위로의 정치가 현실을 책임질 수는 없다. '안철수현상', 그리고 박원순의 당선이 정치적으로 우리의 미래를 담지할 수는 없다. '안철수현상' 으로 표출된 시민들의 요구가 위로와 공감의 형식을 넘어 정치의 영역에서 책임있게 구현될 수 있는 방법, 현실적 수단들에 대해 논의해야 할 시점이 다가오고 있다.

다시 말해 '위로의 정치' 가 '책임의 정치' 로 전환할 것을 요구받게 될 것이다. 위로는 책임을 수반하지 않을 때 단순한 위로에 머물고 만다. 그 위로는 달콤하지만, 시간이 지날수록 'So What?' 이라는 질문에 직면할 수 밖에 없다. 대중들은 위로가 궁극적 해결책이 아님을 잘 알고 있다.

이제 위로와 공감이라는 사적인 교감이 공적 영역으로 전환해야 할 시점에 이른 것이다. 사적 공간을 넘어 객관화된 현실 속에서 그 대화와 위로들이 어떻게 구체화되어 실현될 수 있는가를 고민해야 하는 시점이 다가오고 있는 것이다.

막스 베버의 용어를 빌자면, '신념윤리' 를 넘어 '책임윤리' 가 요청되고 있는 것이다.

막스베버의 '신념윤리'와 '책임윤리'

　'신념윤리'는 자신의 신념에 따라 행동한 결과에 아랑곳 하지 않고 오직 자신의 신념에만 충실한, 그래서 그 행위가 그 신념에 위배했는지 여부에 따라 정당성을 갖는 행위체계를 말한다. 반면 '책임윤리'는 자신의 행동의 예견가능한 결과에 대해 책임을 져야 한다는 원칙에 따라서 행동하는 행위체계를 말한다. 자신의 신념에 충실했느냐의 여부가 아니라 정치적 행위의 현실적 결과에 따라 그 행위의 옳고 그름을 판단한다는 것을 의미한다.

　1919년 독일 뮌헨대학 진보학생단체인 '자유학생 연합'에서 베버가 강의한 〈직업으로서의 정치(Politik als Beruf)〉는 오늘날에도 정치와 정치인에 대해 규정한 고전으로 평가받는다. 이 때 '직업'은 독일어로 '소명'으로도 해석된다.

　베버는 정치인을 두 부류로 구분한다. '생계수단으로 정치를 하는 직업정치가'와 정치 그 자체를 위해 정치를 하는 '소명의식을 가진 정치가'로 구분한다. 즉 정치인이라고 할 때 이 두가지 의미로 사용한다는 것이다. 나아가 그는 정치가의 자질로 가장 중요한 것을 '열정, 책임감, 균형감각' 세 가지를 들고 있다.

그들은 어떤 '반란'을 꿈꾸나

박원순 당선의 밑바탕에는 '위로의 정치', '공감의 정치'가 중요한 동력이 됐다. 그리고 이를 넘어 책임의 정치로 구현되어야 할 필요성이 대두되고 있다. 이미 박원순의 선거과정에서 책임정치에 대한 질문들이 대두됐고, 이제 이를 구현해야 할 과제가 주어졌다. 문제는 이번 선거결과가 박원순 또는 안철수와 같은 자연인에 대한 지지를 의미하지 않는다는 점이다. 그들은 시민들에 의해 '호명(呼名)'되었을 뿐이다. 과거 지역주의 정치시대에는 호명할 선택지가 많지 않았고, 그래서 특정 정치인들이 특정 지역의 대변자로 불려나왔다. 그러나 지금은 다르다. 시민들은 자신의 요구에 맞지 않다고 판단될 경우 언제든 지지를 철회한다. 시민이 정치인들에 의해 동원되는 것이 아니라, 반대로 시민들이 정치인을 불러내고 선택하고 있다. 정확히 말하면, 시민들은 '반란'을 이끌 정치인을 찾고 있는 것이다. 물론 이때 '반란'이라고 한 것은 기존의 지배카르텔을 해체하고자 하는 명백한 정치적 의도를 표현한 것이다. 그리고 이 '반란'에는 기존의 개혁진보진영도 예외일 수 없다. 정확히 말하면 이들의 반란은 궁극적으로는 지배카르텔의 해체를 꿈꾸고 있지만, 1차적으로는 개혁진보진영의 재편을 의미한다. 이 재편은 정치적 공간에서 개혁진보세력의 교체를 의미한다. 단순한 인물교체나 세대교

체가 아니라 명백한 세력교체를 말하고 있는 것이다. 이들의 요
구를 단순히 정치지도자의 교체나 세대교체로 해결될 수 없다고
주장하는 것이다. 그렇다면 시민들이 제3의 인물을 '호명'하면
서 꿈꾸는 '반란'의 핵심은 무엇일까.

진보개혁세력에 대해 어떤 '반란'을 꿈꾸고 있는 것일까. 이
와 관련해, 필자는 이미 여러 차례, 한국 정당정치의 위기, 대의
제의 위기, 직접 민주주의 요구 증대, 그리고 세력교체를 강조했
었다. 또 '국가-시장' 이분법의 한계와 새로운 시민정치운동의
필요성, 기존 시민운동의 좌절과 새로운 시민정치공간으로의 이
동 등을 통해 이러한 '반란'이 지향하는 정치적 변화를 설명한
바 있다.

결국 정당정치든, 시민정치공간이든 필자의 결론은 세력교체
였다. 이에 대해 많은 분들이 '어떤 세력으로 어떤 세력을 교체
하는 것이냐'고 묻는다. 물론 기존의 세력이 아닌 만큼 가시화
된 세력이 아닐 수도 있다. 새로운 질서에 대한 욕망을 지닌 만
큼 기존의 논리나 철학으로 설명되지 않을 수 있다. 그럼에도 이
번 선거결과에서 나타나는 것처럼, 새로운 세력은 명백한 사회
적 현상으로 존재하고 있다. 이제 이들을 외면한 정치는 현실적
으로 작동할 수 없다는 것을 보여주었다. 박근혜를 비롯한 기존
의 정치세력이 이들 앞에 얼마나 허망한 것인지 위협적으로 보
여줬다.

그들의 욕망과 감수성을 읽어라

진보개혁세력도 예외가 아니다. 특히 기존의 진보정당들의 경우 더욱 그렇다. 문재인, 안철수, 박원순으로 이어지는 일련의 '현상' 을 계기로 드러난 이들 새로운 세력은 기존 진보정당들을 불편하게 만들고 있다. 기존의 진보의 틀에서 보면 진보나 보수도 아닌 것이 정치의 중심을 흔들고 있기 때문이다. 사람들은 민주당이 이런 감정을 갖는 것은 당연하다고 생각한다. 그러나 민주당 뿐이 아니라, 진보를 자처하는 소수정당들은 더 큰 낭패감을 맛보고 있을 것이다. 정당 외부에서 형성된 이러한 새로운 세력은 정당의 대소를 불문하고, 기존 정당들이 모두 기득권의 카르텔 속에 안주하고 있음을 보여주고 있다. 한마디로 기존 진보에게 위기가 찾아온 것이다. 이들은 '지금껏 우리가 얼마나 고생했는데, 갑자기 나타난 '듣보잡' 이 판을 흔든다' 고 느낄 것이다. 이런 감정은 2002년, 노무현 대통령의 당선 때 기존의 진보들이 느꼈던 감정들과 비슷하지 않을까. 기존의 진보적 민중운동, 시민운동은 끝까지 노무현을 인정할 수 없었다. 그때 그들은 '지금까지 민주화운동을 이끌어 온 사람들이 누구인데, 어디서 굴러온 돌이 대통령이 됐냐' 는 식이었다.

지금 진보정당들이 느끼는 감정이 이와 다르지 않을 것이다. 그러나 '안철수현상' 과 박원순의 당선을 통해 보여준 새로운 세력의 등장을 외면한다면 진보는 이제 더 이상 유의미한 정치세력으로 존재하기 힘들 것이다. 필자는 진보정당 간 통합이 새로운 진보의제를 빼놓고, 정치공학적으로 이뤄진다면, 성공할 수도 없고, 역사에도 기여하지 못할 것이라고 여러차례 강조했었다.

문제는 감수성이다. 새로운 세력은 과거 진보개혁진영이 가진 감수성과 다른 감수성을 가지고 있다. 과거 진보의 금욕적, 민중적 정서와는 거리가 멀다. 폐쇄적 민족주의나 자본에 대한 금욕적 비판에 대해 동의하지 않는다. 오히려 글로벌가치에 친화적이며, 성공과 욕망을 긍정한다. 물론 과거에도 진보적 시민들은 금욕적, 민중적 삶에 동의하지 않았지만, 그것의 도덕적 가치는 인정해 줬다. 그러나 이젠 다르다. 새로운 세력은 진보를 과거의 금욕적, 민중적 삶이 아닌 새로운 삶의 형식으로 규정하려고 한다. 전통적 진보가 '알박기' 식으로 복고풍의 감수성으로 진보를 독점하려 한다면 점점 설자리가 좁아질 것이다. 새로운 세력은 '반란'을 꿈꾸는데 머물지 않고 구체적으로 현실화해 나갈 것이다. 이에 대해 기존 정당이 '트윗과 페이스북을 열심히 하라' 등의 방식으로 구태의연하게 대응하면서 정작 새로운 세력의 변화무쌍한 욕망과 그들의 빛나는 감수성을 이해하지 못한다면 결국 자멸하고 말 것이라는 우려를 지울 수 없다.

(2011. 11. 1)

박원순의 당선 이후의 문제 : 더 많은 참여, 더 많은 민주주의

　무소속 박원순 후보의 당선은 여러 측면에서 이례적이다. 이 같은 결과가 어떻게 가능했는지를 언론과 정치평론가가 정치공학적으로 분석하고 있다. 또 내년 총선과 대선에 어떤 영향을 미칠 것인지에 대해서도 수많은 진단과 분석을 내놓고 있다.

　그러나 필자는 이같은 정치공학적 분석에 만족할 수 없다. 박원순의 당선은 정치공학적 분석으로만 담을 수 없는 중대한 정치사회적, 문화가치적 변화를 암시하고 있기 때문이다. 어떻게 보면 87년 민주화 운동이 요구했던 그 엄청난 변화를 능가할지도 모른다. 혹은 87년 민주화 운동의 결과가 드디어 현실화되고 있다고도 할 수 있다. 그만큼 지금까지 익숙한 많은 프레임에 '반란'을 일으키고 있기 때문이다.

　그렇다면 박원순을 당선시킨 중심세력, 그들은 누구일까. 현재까지 아직 이들을 어떻게 개념적으로 규정할지에 대한 분석이 없다. 그럼에도 '문재인, 안철수, 박원순'으로 이어지는 정치적 현상은 명백히 하나의 현상으로 간주할 수 있으며, 이 현상 속에는 새로운 세력이 존재하고 있음을 명백히 발견할 수 있다.

문제는 세력교체이다

지금까지 드러난 이들의 성격을 정리하면 다음과 같다.

첫째, 이들은 명백하게 반한나라당 세력이다. 지난 무상급식 투표에 이어 이번 보궐선거를 관통하는 사실은 한나라당의 지지는 현격히 축소되고 있는 반면, 반한나라당의 정치적 기반은 넓어지고 있다는 점이다.

이제 한나라당식의 냉전적 보수나 MB식의 시장지상주의로는 현재 우리의 문제를 해결할 수 없다는 광범위한 합의가 형성되어가고 있다. 자영업자는 물론 샐러리맨, 그리고 청년들은 심각한 위기를 느끼고 있다. 하지만 세계적으로 확산되고 있는 금융, 재정 위기 속에서 99%의 희생에 기반한 1%를 위한 성장모델은 더 이상 우리의 문제를 해결할 수 없다는 인식이 확산되고 있다.

특히 이런 위기를 외면하거나 인식 조차 하지 못하는 보수정당에 대한 기대감이 사라지고 있다. 그렇다고 야권이 대안을 가지고 있다고 보지는 않지만 위기에 대한 고민조차 없는 보수세력에 대해 확실히 등을 돌이고 있다.

둘째, 이들은 정당 외부에 존재하면서 기존 정당에 비판적이면서 이들 정당들의 개혁을 요구하고 있다. 이번에 박원순 후보가 무소속 후보 또는 민주개혁진보 진영이 통합 후보가 아니었다면 이들의 참여를 이끌어내기 힘들었을 것이다.

따라서 박원순의 승리는 범야권의 승리이지만, 한편으론 기존 정당을 거부하는 광범위한 시민정치 세력이 적극 참여한 결과라고 할 수 있다. 내년 총선과 대선에서 민주당은 물론이고 소수정당에게도 기존의 정당만으로는 승리할 수 없음을 명백해 보여주었다.

민주당의 경우 기초단체장선거에서 호남을 빼고 거의 전멸했다. 민주당에게는 통합하지 않으면 승리할 수 없다는 것을 뼈저리게 느끼게 했다. 이런 점에서 이번 선거결과는 명백히 민주당의 패배다. 서울시장도 무소속이고, 기초단체장에서도 한나라당이 압도적 우위를 보였기 때문이다.

이번같은 '결정적 선거(critical election)' 에서 무소속 후보가 당선된 경우는 많지 않다. 노무현 대통령이나 이명박의 대통령 자신이 그다지 정당 정치에서 기득권을 갖지 않았던 후보였다. 이들의 당선도 전통적 정당 지지층 외에 다른 세력이 결합한 결과라고 할 수 했을 때, 이미 정당의 위기는 오래 전부터 진행됐다고 할 수 있다. 그러나 이번처럼 아예 무소속으로 당선된 경우는 없었다. 그것도 민주당이라는 거대정당의 조직과 경쟁해서

야권통합후보가 승리했다는 점에서 더욱 그렇다.

이번 선거를 통해 정당의 외부에서, 정당에 동의하지 않는, 나아가 정당개혁을 요구하는 세력들이 하나의 정치세력으로 존재한다는 점이 확인됐다. 이제 한국정치에서 이들을 제외하고 정치적 승리를 기대할 수 없게 되었다. 물론 이들이 어떤 역사적 과정을 통해 어떤 정치적 성격을 지닌 집단인지 다시 살펴봐야겠지만, 확실한 것은 이들을 배제한 정당정치가 현실적으로 작동하지 않게 됐다는 점이다.

세째, 이들은 명백히 진보정치세력의 개혁을 요구하고 있다. 이들이 보기에 현재 소수 진보정당도 정당의 기득권에 안주하고 있다. 더 근본적으로, 이들은 전통적 진보의 금욕적, 민중적 감수성, 혹은 욕망구조에 더 이상 동의하지 않는다. 글로벌 가치를 존중하고, 시장의 합리적 역할을 긍정한다. 그리고 공정한 게임의 룰에 따른 성공을 적극적으로 평가한다. 인간의 탐욕을 부정하지 않으며, 그 탐욕이 타인을 향한 이타심과 행복하게 조화되는 길을 모색한다.

이런 점에서 이번 선거결과는 기존의 진보, 혹은 진보정당의 위기를 의미하는 것이기도 하다. 이번 선거를 단순히 야권의 승리, 또는 반한나라당의 승리로만 규정할 수 없는 이유가 바로 여기에 있다.

근본적인 문제는 진보정당들 조차 이들의 감수성을 이해하지 못하고 있다는 점이다. 이들은 과거 진보, 개혁진영과 다른 감수성을 가지고 있다. 전통적인 진보주의자들은 이른바 '역사와 전통'의 권위에 기대 이들의 감수성을 흔쾌하게 받아들이지 못하고 있다. 설령 인정한다 하더라도 매우 불편한 기색이 역력하다. 노무현 대통령에 대해서 그랬던 것처럼 '문재인, 안철수, 박원순'으로 이어지는 일련의 현상을 바라보는 진보정당의 시선이 바로 그렇다.

인물교체, 세대교체는 거짓 대안

이같은 감수성의 차이는 자연스럽게 세대간의 차이로 나타나고 있다. 20, 30대들은 '개그 콘서트'를 보고 정치적 동질감을 확인하고, '무한도전'에서 정치적 메시지를 찾고 있다. 과거 이론서를 보고 정치적 메시지와 동질감을 확인하는 것과 기본적으로 다르다. 영화를 보고 정치적 메시지를 찾았던 2000년대 초 세대들의 감수성과도 차이가 있다.

따라서 현상적으로는 투표결과가 세대간의 갈등으로 표출되고 있다. 위기의 본질은 99%의 위기의식이지만, 그것이 표출되는 형식은 세대간 갈등 양상으로 나타나고 있다. 재벌을 중심으로 편재된 검찰, 언론, 대학, 관료 등의 지배 카르텔은 99%를 배제한 1%를 위한 사회를 강제하고 있다. 정치가 그것을 견제해야 하지만, 오히려 그 지배 카르텔의 일부로 기능하고 있을 뿐이다. 이처럼 한국의 지배 카르텔이 더욱 공고화됨으로써 젊은세대들은 희망을 잃고, 좌절하고 있다.

서울시장 보궐선거 박원순-나경원 후보 세대별 득표율 (단위 : %, 자료 : 방송3사 출구조사)

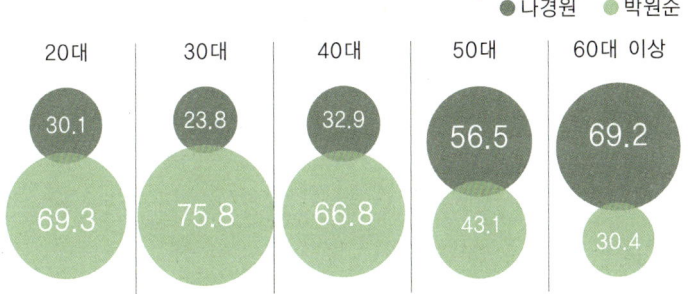

이들의 위기는 기존의 지역주의나 이념적 정당으로는 포착되지 않으며, 지역주의나 이념을 능가하는 총체적 위기 양상으로 나타난다. 한국은 OECD국가 중에서 자살율과 실업율은 최고수준이고, 출생율은 최하위이다. 그리고 소득격차는 매우 심각하다. 불안 정도가 아니라 곧 좌절할 수 밖에 없는 상황이다.

이렇게 젊은세대에게 강제되고 있는 위기의 깊이와 폭은 과거 IMF나 금융위기를 능가한다. 애시당초 예측가능한 삶의 설계가 불가능한 만큼 몇가지 대증처방으로 해결될 것 같지 않다고 생각한다. 결혼조차 쉽지 않고, 그 결혼을 유지하기조차 힘든 상황에서 젊은세대들은 절망하고, 좌절하고 있다.

이처럼 젊은세대의 좌절과 분노, 그리고 이들의 정치적 목소리가 커지고 있다고 해서 몇몇 정치인들의 인물교체나 세대교체가 그 해답이 될 수 없다. '안철수현상'도 '자연인 인철수'가 아니라 '호명된 안철수'일 뿐이다. '자연인 안철수'가 정치인이 된다고 해서 해결될 수 있는 문제가 아니다. 문재인이든, 안철수든, 박원순이든 적절한 대안을 제시하지 못할 때 이들은 언제든지 버림을 당하게 될 것이다.

세대교체도 마찬가지이다. 나이의 많고, 적음을 떠나 세대교체가 기존의 정당체계에 머무는 것이라면 현재 우리의 문제를 해결하는 대안이 될 수 없다. 이미 정당 내부에 진입한 젊은 정치인이 없어서가 아니다. 그들 중에 일부는 오히려 지배카르텔의 일부로 적극적인 역할을 하고 있다. 이들은 나이만 젊었을 뿐 더 낡은 감수성을 지니고 있다. 오히려 이들은 2040세력의 감수성을 용납하지 못하겠다는 발언을 서슴치 않고 있다. 이미 2040세력들도 그들에게서 새로운 희망을 찾지 않는다.

일부 정당은 인물교체를 통해 정당의 위기를 넘어서려 할 것이다. 김태호 전 경남지사를 총리로 내세워 인물교체를 시도했던 것처럼, 인물교체를 통해 본질을 호도하려 할 것이다. 나아가 정치인들의 세대교체를 들고 나올 수도 있을 것이다. 마치 정치인들의 생물학적 나이 때문에 이런 일이 벌어진 것처럼.

실제로 이런 시도가 유의미하게 먹혀든 경우도 적지 않다. 영국의 노동당이 토니 블레어를 통해 집권할 때, 이후 보수당의 데이비드 케머런의 등장, 미국 민주당의 클린턴 대통령과 오바마 대통령의 등장이 여기에 해당된다. 한국의 경우 민노당의 이정희 대표가 이 범주에 해당되는 것으로 볼 수 있다.

그러나 이같은 인물교체나 세대교체로는 문제의 본질에 다가 갈 수 없다. 세계적으로 진행되고 있는 1% 지배카르텔에 대한 저항과 젊은세대의 위기의식, 그리고 이를 정치적으로 표출하는 형식의 변화를 단순히 기존 정치권의 이합집산이나 정치인의 인물교체, 세대교체로 해결할 수 있다고 생각하면 큰 오산일 수 밖에 없다.

정당 위기의 대안은?

'문재인, 안철수, 박원순 현상'은 기존 정당의 대표성 위기를 반영하고 있다. 박원순의 당선은 기존 정당의 위기를 가속화시키고 있다. 정당의 가장 핵심적 역할 중 하나가 선출직 정치인에 대한 추천권이다. 그러나 이번 서울시장 선거에서는 이런 정당의 역할이 상당 부분 약화되었다.

정당의 대표성 위기에 대한 논의는 여러 수준에서 이뤄질 수 있다. 로버트 달은 〈민주주의와 그 비판자들〉에서 인민의 지배라는 민주주의 기본 이념과 대의제라는 수단 사이에 모순과 갈

등이 존재한다고 분석했다. 도시국가의 직접민주주의에 기반을 둔 민주주의 이념과 중세 시대 농촌지역의 지역 대표를 뽑던 대의제 방식을 결합한 것 자체가 근본저 모순을 지닐 수 밖에 없다는 것이다.

이런 상황에서 정당이 정치활동의 중심이 된 것은 20세기의 독특한 현상이라는 지적도 있다. 19세기 노동계급의 등장으로 노동운동, 사회운동이 정치적 공간에서 핵심적 역할을 했다. 그 결과 민주주의는 비약적으로 발전할 수 있었다. 정치적 의사결정에서 배제되었던 노동자, 여성 등이 정치에 참여할 수 있게 되었다. 3권분립과 같은 견제와 균형을 통해 공화제적 이념을 확장시켰다. 이렇게 형성된 민주적 제도, 그 중에서도 특히 정당제도는 20세기 정치의 중심에 서게 된다.

그러나 이 대의제가 현재 세계적으로 직면하고 있는 위기를 극복하는데 한계에 부딪혔다는 지적이 대두되고 있다. 정당이 기득권에 안주함으로써 새로운 비전을 창출하는 역동성을 발휘하기에는 역부족이라는 비판이 나오고 있다.

한국의 경우 정당의 위기는 더욱 심각하다. 한국의 정당은 지역주의와 냉전주의에 안주하면서 수많은 정치적 갈등을 산출했고, 대중의 저항에 부딪힐 때마다 당명을 바꾸거나 정치적 인물 또는 세대교체를 통해 연명해왔다.

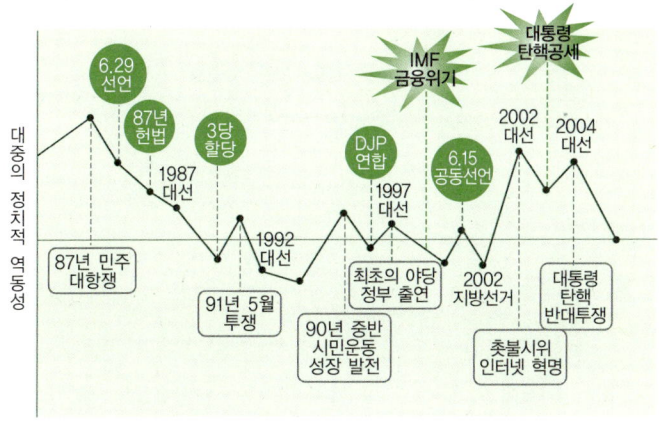

▲ 수동혁명의 역사적 계기들

그러나 이번은 달라 보인다. 단순히 정당의 대표성 위기에만 머물지 않을 것으로 예상되기 때문이다. 시민들은 이제 기존 정당 내부에서 그 해결책과 대안을 찾기를 기대하지 않는다. 기존 정당에 대한 기대를 접은 것이다. 왜 그런가?

첫째, 기득권을 견제하고 개혁해야 할 정당과 정치가 오히려 그 일부가 되어 기득권을 강화하고 있기 때문이다.

기존의 토건위주 성장은 한계에 다다랐고, 세계적인 금융, 재정위기가 빈발하고 있다. 이런 상황에서 젊은세대는 내집마련은 고사하고, 결혼은 꿈도 못꾼다. 중년세대들은 노후준비 여력조차 없다. 정치가 희망을 줘야 하지만 그렇지 못하다. 그래서 시민들은 새로운 정치적 상상력을 가진 새로운 세력의 등장을 희망한다.

이러한 상황은 과거 80년 민주화 운동, 87년 민주화 운동, 그리고 2008년 촛불 등의 경우처럼 정당의 위기로 귀결되고 있지만, 당시와 다른 점은 지금은 대안의 정치세력이 정당이나 정치적 형태로 존재하지 않는다는 것이다.

둘째, SNS와 같은 독자적인 정치적 소통수단이 등장했기 때문이다. 트위터와 페이스북 등 SNS는 과거 인터넷 카페나 토론방보다 훨씬 신속하고, 수월하게 정치적 의사결정을 가능케 함으로서 정당을 통하지 않고서도 정치적 의사결정과 집단행동이 가능해졌다. 전통적으로 정당의 역할이었던 정치적 이해의 집결과 표출이 트위터와 페이스북 등 SNS를 통해 이뤄지고 있는 것이다.

특히 대중들은 보수언론의 눈치를 보는 정당을 용납하지 않는다. SNS는 보수언론에 매우 위협적이다. SNS를 통해 정치적 대화가 활성화되고, 정보가 유통됨으로써 보수언론의 의제설정력이 급속히 쇠퇴하고 있다. SNS는 보수언론의 의제주도권을 박탈했을 뿐 아니라, 나아가 이들의 의제설정권에 의존하던 정당의 존립근거를 위태롭게 하고 있다.

대중의 정치참여를 어떻게 제도화할 것인가

얼마전 어느 조사에 따르면 SNS를 통한 정치적 의사표현이

35%에 이른 반면 2%만이 정당을 통해 그들의 정치적 의사를 표현하고 결집하고 있다고 한다. 이들은 이제 정당 이외의 방식으로 정치과정에 직접 참여하고 있고 또 하기를 원한다. 대중들은 국민경선제를 통해 각 정당의 후보선출과정에 참여하고 있으며, 박원순 역시 이런 과정을 통해 야권후보로 선출됐고, 결국 서울시장이 됐다.

일각에서는 이같은 요구에 대해 우려하기도 한다. 대중의 정치참여 열기가 정당정치의 틀 속에서 제도화돼야 한다는 것이다. 또는 이같은 직접적 참여의 정치가 자칫 정치적 무정부성을 가속화할지 모른다고 우려하기도 한다. 일면 맞기도 하고, 일면 틀리기도 한 지적이다.

대중의 정치참여가 무정부적인 혼란으로 귀결되지 않기 위해서는 일정한 제도화가 필요하지만, 더욱 중요한 것은 어떻게 대중의 직접민주주의에 대한 요구와 정당정치가 공존할 수 있는 제도적 틀을 창출하느냐는 것이다. 논리적으로 보면 시민의 참여가 더 많아질수록 대의제는 강화되어야 할 것이다. 그러나 지금의 정당 구조에서는 오히려 더 많은 참여가 정당의 위기를 가져오고 있다. 문제는 어떻게 하면 시민의 직접적 참여가 정당정치를 강화하는 방향으로 제도화할 것이냐라 할 수 있다.

이미 정당 외부에서 정치운동에 참여하고 있는 시민정치운동이 본격화되고 있다. 과거 정치운동과 시민운동은 그 이념에서

부터 엄격히 분리됐었다. 시민운동은 정치운동과 다른 논리로 작동해야 하며 정치적 중립을 지켜야 하다고 주장해 왔다.

그러나 이같은 기계적 중립이 허구라는 것이 곧 드러나고 말았다. 지난 MB정부를 겪으면서 민주주의가 부재한 상황에서 중립적 시민운동 역시 불가능하다는 것을 깨달은 것이다. 특히 시민이 부재한 상황에서 시민운동의 근본이념을 구현하는 것 자체가 불가능하다.

정치는 권력의 방식으로, 시민운동은 정당성을 무기로 시대의 요구를 실현해야 한다는 당위가 있었다. 그러나 지금은 정치운동과 시민운동의 차이가 점차 소멸되고 있다. 국가권력을 향한 정치운동과 비권력적 시민운동이 반드시 병립불가능한 것은 아니라는 인식이 증대하고 있다. 최근 시민운동가들이 '혁신과 통합'이라는 정치운동단체에 가입하는 것도 이런 맥락에서 해석할 수 있다.

이들 시민운동의 일부가 정당으로 흡수되더라도, 상당 부분은 새로운 형태의 시민정치운동으로 발전할 것이다. 시민운동과 정당정치가 공존하는 새로운 형태의 정치운동, 즉 시민정치운동 공간이 확장되고 있는 것이다. 특히 SNS의 발전은 새로운 형태의 시민정치운동의 가능성을 보증하고 있다. 이 공간을 제도화해 정치적 의사소통공간으로 자리매김한다면 한국 민주주의 발전에 주요한 전기를 마련할 수 있을 것이다.

더 많은 참여, 더 많은 민주주의

이같은 시민들의 직접적 참여에 의한 시민정치운동은 정당정치의 위기가 아니라 오히려 정당의 대표성을 강화하는 계기로 작용할 수 있다. 이를 위한 제도화의 구체적 프로세스는 더 많은 논의가 필요할 것이다. 하지만 직접민주주의의 확장이 반드시 정당의 대표성 위기를 초래한다는 생각은 단견이다.

진보정당의 경우 더욱 그렇다. 시민의 정치참여를 제도화하고, 더 많은 참여를 유도하는 과정에서 진보정당의 기반이 확충되어 왔고 앞으로도 그렇게 될 것이다. 반대로 진보정당이 기존 정당의 기득권에 안주한다면 그 결과를 예측하는 것은 크게 어렵지 않다.

이런 점에서 보면 대의제 위기를 고민하지 않는 진보정당은 언제나 위기에 직면했다. 더욱이 더 많은 참여와 더 많은 민주주의를 고민하지 않는 진보정당은 존립이 어렵게 될 것이다.

민주주의 위기는 더 많은 참여와 더 많은 민주주의를 통해 해결되어 왔고 앞으로도 그럴 것이다. 민주주의가 위기에 직면할 때 그 해결방법은 역시 더 많은 사람들을 참여시켜 민주적 기반을 확대하는 것만이 유일한 해결 방법이다.

국가와 시장의 이분법으로는 현재 우리의 문제를 해결될 수 없다는 것은 이제 명확해졌다. 국가권력을 지렛대 삼아 진보적 과제를 해결하려는 지난 10년간의 노력이 결코 쉽지 않다는 것을 경험했다. 또 시장을 배제할 수는 없지만, 그렇다고 시장의 탐욕을 방치할 수도 없다. 국가와 시장에게 공존과 평화, 정의와 공동체 등과 같은 진보적 가치가 온전히 실현될 수 있기를 기대할 수 없다.

정치는 이처럼 국가와 시장에 대한 이중의 견제라는 역할을 담당해야 한다. 그런데 이 역할을 현재의 정당정치에 기대하기는 힘들다. 그렇다고 정치를 비난하는 것도 능사는 아니다. 정치혐오는 대중의 정치참여를 가로막음으로써 지배카르텔을 강화시켜 줄 뿐이다. 따라서 대중의 정치참여를 통해 민주주의의 기반을 넓히고, 정치의 역할을 강화해야 한다. 이를 위해 시민정치운동을 제도화하고, 그 활동반경을 넓혀야 한다. 대중의 정치참여 확대, 시민정치운동의 제도화 등을 통해 더 많은 참여와 민주주의가 실현돼야 하며, 이를 통해 정당의 대표기능이 강화되고, 정당정치도 활성화될 것이다.

그래서 진보개혁을 표방하는 정당일수록 더 많은 참여, 더 많은 민주주의를 통한 민주주의의 확대를 고민해야 한다. 1%의 기득권 카르텔을 해체하기 위해 99%의 참여를 극대화하고, 이를 통해 99%의 좌절과 분노를 정치적으로 결집해야 한다. 이와 반대로 정당이 서푼어치도 안되는 '진보' 기득권에 안주한다면, 시민들은 이들을 곧 싸늘하게 외면할 것이다.

(2011. 11. 7)